环 溯

〔日〕铃木光司 著
吴曦 译

著作权合同登记号　图字01-2015-1532

TIDE

© Koji Suzuki 2013
Edited by KADOKAWA SHOTEN
First published in Japan in 2013 by KADOKAWA CORPORATION, Tokyo.
Chinese translation rights arranged with KADOKAWA CORPORATION, Tokyo.
through Timo Associates Inc., Japan

图书在版编目（CIP）数据

环溯／（日）铃木光司著；吴曦译．
—北京：人民文学出版社，2017
（贞子之环）
ISBN 978-7-02-013103-7

Ⅰ.①环… Ⅱ.①铃… ②吴… Ⅲ.①长篇小说—日本—现代 Ⅳ.①I313.45

中国版本图书馆CIP数据核字（2017）第169855号

责任编辑	甘　慧　陶媛媛
封面设计	张叶青
出版发行	人民文学出版社
社　　址	北京市朝内大街166号
邮政编码	100705
网　　址	http://www.RW-cn.com
印　　制	上海盛通时代印刷有限公司
经　　销	全国新华书店等
字　　数	285千字
开　　本	787毫米×1092毫米　1/32
印　　张	10.625
版　　次	2016年5月北京第1版
印　　次	2018年1月第1次印刷
书　　号	978-7-02-013103-7
定　　价	48.00元

如有印装质量问题，请与本社图书销售中心调换。电话：010-65233595

目 录

序　章		1
第一章	通讯文	17
第二章	行者窟	79
第三章	双头蛇	167
第四章	大峰山	269
尾　声		327

序　章

春菜在大学主修古代史。她约男友土屋前往长野县诹访郡①去探寻井户尻遗迹②时,刚好是距离黄金周还差一周的四月末。

土屋刚把租来的汽车停靠在停车场,春菜就打开车门,下车呼吸了一口新鲜空气。车里还挺闷热的,车外就甚是凉爽惬意。

春菜站在原地来回扭了扭身子,环顾四周。

平缓的斜坡被青草覆盖,上面造了一间效仿绳文时代生活景象的竖穴式住居③。越过茅草屋顶看去,冬雪尚未融尽的

---

① 长野县诹访郡,位于日本本州中部的内陆城市。
② 井户尻遗迹,位于诹访郡富士见町境地区的日本国史遗迹,大多数属于绳文中期文化。
③ 竖穴式住居,日本早期文化中,在地面凿圆形或方形孔洞,插入多根支柱后搭建房屋骨架,并以泥土、茅草等制造出屋顶的建筑。

八岳①岿然耸立。视线转向南面,则可以望见山顶积雪的甲斐驹岳②。现在阳光明媚,山麓处飘着几抹云彩。

遗迹公园几乎整个就是一片大花田。这个时期,暂时只有一些驴蹄草开着花。要是再过个两星期,睡莲、燕子花、菖蒲就要开始竞相争艳了。

四月出生的春菜自然对花卉情有独钟。一闭上眼睛,她就能想象出一片五彩斑斓的花田。加之五感联动,就连尚不存在的花香都能嗅到。

春菜做了个深呼吸,闻到了即将到来的初夏气息。

"从哪儿开始看?"

土屋的问题让春菜倏地回过神来,与此同时,脑海中的百花丛瞬时消失不见,只留下一小片驴蹄草。

土屋是春菜在研究生院的学长,比她大一岁。基础课程时期,土屋曾是春菜的古代史入门导师,而随着她逐渐深入专攻古代史,土屋也渐渐转变成了恋人的角色。不管是毕业论文还是研讨会的报告书,只要有他的建议就好办多了,她多多少少也有些这方面的考量。然而把他作为恋人来审视的话,最近却越看越不对劲。他头脑聪明,知识也丰富。可总

---

① 八岳,位于日本长野县茅野市北部蓼科山西麓白桦湖、东南相连的群山。
② 甲斐驹岳,位于山梨县北杜市与长野县伊那市之间,日本南阿尔卑斯国立公园内,赤石山脉北端的名山,海拔2968米。

让人觉得不太可靠,似乎欠缺些什么。

"当然是从文物馆开始啦。"

停车场旁就有一栋看似文物馆的建筑物。而停车场前面那片斜坡上就是花丛围绕下的遗迹了。中间还有一渠流水穿过一间水车小屋,水车正不停旋转着。

土屋问到底是先看外面那片遗迹还是先看文物馆的展品之后,春菜不假思索地回答了"文物馆"。

从思考到回答的间隔之短,蕴含着抗议:"为什么要问这种理所当然的问题?"千里迢迢从东京赶来这儿,不就是为了来看井户尻文物馆里展示的土偶吗?当然要放在最优先的位置啦。你该做的就是找准目标给我好好带路。这也要问,那也要问,优柔寡断的男人最让春菜觉得不可靠。

春菜率先走向了文物馆的入口。慢了两步的土屋看准走进大厅的好机会,一步抢在春菜之前,从后袋里掏出钱包。他是想先把门票钱付了,可售票处没有人影。他放眼往四处扫视一番之后,又把钱包塞回了口袋。

"不好意思。有人吗?"

春菜朝玻璃窗呼喊了一声。一张中年女人的脸从窗口冒了出来,一看是对情侣,就报出了门票价:"两个人六百日元。"

不等土屋把门票钱付完,春菜就往文物馆里面走去。

工作日外加大白天,展馆里不见人影。

这个长方形房间约莫有一百叠^①大小,三面都摆满了玻璃陈列柜,里面展示着八岳周边一带出土的陶器、土偶、石器等等,将近两千件,大部分都是绳文时代的中期文物。

陶器根据形状不同分为几个种类。有的呈较深的食器形状,有的是球体,有的下端膨大,式样繁多。陶器的表面都绘制着弯曲的绳状纹样。

有些在边缘还配上了小小的把手,体现出些许实用性;可有些就过于华美,一点都不实用。那些简单朴素的陶器,估计是用于炊煮或是贮藏食物的。而一些适度糅合了实用性与艺术性的陶器,则被陈列在玻璃柜内侧,都显得个性张扬。

在一件看似纯粹追求艺术性的陶器前面,春菜自然地停下了脚步。

水烟涡卷文深钵

这件陶器被如此命名。要论独创性的话,它即使在古代美术展上亮相也绝不逊色。它的边缘之上绘制着错综复杂的环状纹样,层层叠叠,完全不将便利性放在眼里。

不知何时,土屋已经站在了春菜的身边。

"阴和阳,构造出了绝妙的平衡。月亮和太阳各自相对

---

① 叠,日式计量单位,一般为180×90(厘米),约合1.62平方米。

的形象在这里化作了一件实体。"

或许是事先做过了功课,土屋的评价滴水不漏。

"他们为什么要做这种东西出来呢?"

春菜很想知道五千年前创造出这物件的先人有什么意图。按照她的推想,在这些抽象的纹样中,或许蕴含着对应当初某种实情的祈愿吧。

要探究五千年前的绳文人心中的想法可不容易呀。无数次反复运用复杂的语言,现代人才有了现代的大脑,与五千年前绳文人那些淳朴的大脑相比,二者之间对抽象概念的理解能力有着显著的差距,看似单纯的推论也许根本无法成立。

土屋没能回答这个问题,两人只是并排着一路走去。回过神来时,他们不知不觉间已经把三面墙的玻璃柜全都浏览了一遍。

春菜对那个最感兴趣的土偶期待已久,为此专程前来,可哪儿都没见到。

沿着走来的路线回顾之下,春菜看见屋子中央还放置着一个小玻璃柜,里面摆放着一个不足二十公分高的女人像。

比预想的小多了,怪不得漏看了。

春菜和土屋像是受了什么魅惑,迈步来到收纳土偶的玻璃柜边上,沉默地观赏了好一会儿。

土偶,就是用泥土塑造出人形,然后烧制而成的陶土制品。土偶一般制造于绳文时代初期。到了中期，在八岳周边的信州和甲斐地区发掘出的就多是边缘缠有蛇纹的陶器了。

春菜和土屋现在观察的这个土偶，是个双手水平伸直而立，腰部以上的女人像。

它的脸大得出奇，与躯干各占一半，头身比差不多是一比一。判断它为女性的依据，就是胸口的两个隆起形状，却不是那种柔和圆润的乳房形状，说是两个胡乱贴上去的突起物或许更准确。

它的脸呈扇形，细长的眼角翘得老高，两条浓眉在鼻子上方连成一片。要是没有胸口的突起形状，根本没法判断是男是女。它的全身都散发出一股中性的气场。

春菜和土屋又绕到玻璃柜背面观察土偶。

从背后一看，才发现了这土偶与众不同的特点。它的头顶部分就像是个圆形托盘，一条蝮蛇正蜷成一团，盘踞在头顶。

春菜和土屋来到井户尻遗迹的文物馆就是为了见这个。现在他们两人观赏的，正是为数不多的土偶中尤为珍贵的一件——以蛇缠绕头顶为发的女人像。

"蛇到底象征了什么呢？"

春菜轻声嘀咕。而土屋接过话茬，平静地回答：

"从绳文时代创始时期开始，就有很多种体现人与动物互相亲近的表现方式。创造出具体的形象则是从中期的胜坂式陶器时代开始的。在动物之中，蛇……特别是蝮蛇，经常被塑造为实体。而蝮蛇象征的就是复活。当时的人认为蝮蛇可以多次死而复生。"

"也就是说，土偶代表了希望死后能复生的愿望？"

"不，我想是更接近咒术的意思。"

"咒术……就是代表诅咒？"

"这倒不是因为怨恨他人而下诅咒的意思。在人的印象里，蛇本来就有诅咒与束缚人类的能力，所以绳文人十分畏惧蛇，把蛇的形象泛化为恐惧的对象。在那个时代，要是有人拥有驯服蛇的能力会怎样呢？要是把这种掌控蛇的能力以肉眼可见的形式进行夸示，那么民众就会害怕他强大的能力，对他俯首称臣。"

"好像一定要是女人吧，驯蛇者必须是女性吗？"

"有可能。你看，这个土偶就能解释一切。这个女人把蛇顶在头上，这说明她已经彻底驯服了蛇。而她双手舒展开，正是为了夸示自己拥有强大的灵能力。听从我的话语吧！要是胆敢违背我，就让蛇的诅咒让你们动弹不得……多半就是用这种形式来进行恐吓的。"

春菜无意识地摆出了和土偶一样的姿势。她把手提包放在地板上，轻轻握拳，伸出双手，正要挥到水平位置的时候，左拳头轻轻撞在土屋的侧腹上。

"噢！"

没想到土屋怕疼到这个程度。春菜只是轻瞥他一眼，接着从包里取出小型照相机，对准了玻璃柜的正面。可土屋戳了戳春菜的手肘，指了指玻璃柜下方贴着的一张告示。上面写着"禁止摄影"。

放下相机迟疑了一瞬间后，春菜又举起相机。展馆里一个人都没有。柜台上那个女人离这儿远得很。

春菜不管那张告示，直接按下快门。

对着正面拍摄的第一张打了闪光灯，土偶在强光照射的一瞬间，表情似乎变得僵硬了一点。正面的第二张关了闪光，放大了一些。第三张是绕到背面，对准背后直接拍摄的。第四张在女人像的头顶对焦，给盘成圈的蛇拍了个大特写。闪光灯肯定没开，却有一道微弱的青光闪过，而那蝮蛇的镰刀脖似乎微微抬起了一丁点儿。

"生灵死灵作祟，跟毒蛇附身的作恶，在根本上其实是一样的……"

土屋随口的一句话，像是在责备不管告示而继续拍照的春菜。话声刚落，屋子外面传来微小的轰鸣声。

再一次，装在陈列柜上方的高窗边泛起青白色的光芒，几秒钟之后，响起了巨石崩塌般的轰鸣声。

他们这才意识到这巨响与闪光的联系。

"讨厌，打雷了。"

春菜握着相机就跑了开去，冲到入口处，从敞开的大门口眺望了一眼对面的八岳群山。

刚才还能清楚地分辨山顶上的积雪，可现在的山顶已经被雷云笼罩，只能望见一片片黑斑在迅速飘动。一道青白色的光芒从天落地，照亮了黑云的边缘，几秒后，轰隆隆的雷声就传了过来。

雷云北面的八岳开始向南面移动，不像是冲着井户尻遗迹来的。春菜盯着远方的电闪雷鸣出了神，甚至在这种美妙的光影中感到了某种感动。站在露台形状的石阶上眺望，那仿佛是一场天与地编织成的声光秀。

在云间画着锯齿的闪电，忽而不见了棱角，成了S形状，就快要变化成一条在空中游走的蛇。此时，一阵风吹来，撩起了春菜的头发。仿佛有冰凉的手指从发丝的间隙插入，这种被抚摸的触感很舒服。

从古至今，闪电都被喻为飞天的神龙。雷与龙，或许在根本上是一样的。

春菜回过神，忽然想到手提包还放在土偶旁边。她以左脚踝为轴，转了个身。

视野旋转的过程中，展馆外壁上，一道纵长的裂缝吸引了春菜的注意力。她的视力只有0.2左右，刚开始只觉得看见了一道裂缝而已，定睛一看却发觉这形状有点奇怪。那不是一条直线，而是曲线，她感到十分诧异。一道裂缝能形成一个绝妙的S字形？总觉得有点蹊跷。

抵不住好奇心，春菜来到距离那道裂缝几步远的位置，忽而又止住了脚步。这道细又黑的裂缝正扭曲着身体，蠢蠢欲动。

背后冒出一阵恶寒，春菜想要尖叫，可反而倒吸一口凉气。

……蛇。

蛇缓缓地左右摆动它三角形的头，火红的舌头舔舐着空气，沿着墙壁向上爬去。远方云间的青白色闪电仿佛是在呼应蛇的动作，忽亮忽暗。

怎么等都听不见雷鸣声，只留下光影闪动的残像，印刻在春菜的视网膜上。

在墙壁上爬行的蛇与闪电的残像，让春菜联想到半空中缠绕的双重螺旋。

如果是平时，春菜看到这幅景象，早就一溜烟逃跑了。可是现在，她却像中了邪一样站在原地，身体一动也不能动。她的下半身完全僵直得像块石头，身体的僵硬反而没让她晕倒在地。她宁可瘫倒在地，闭上眼睛。可连这也办不到。

待到完全看清楚之后，那蛇已沿着外壁的边缘爬行，消失在排水管中。

与此同时，束缚住春菜的咒语也解开了。她的意识总算回到了直立在入口处的身体中。不足一分钟的短暂记忆显得朦朦胧胧。黏滑的表皮。这种印象在脑海中挥之不去，可她已经记不清蛇的实体形象，只留下一种见到异常不详之物的感觉沉淀下来。

春菜步调沉重地回到了展馆里。

土屋还站在原地等待春菜回来。

"啊,谢了。你为我看着东西吧。"

她看土屋是还在原地照看行李,语气中本想带点讥讽的意思,却说得有点口齿不清,倒显得像是病人的呓语。

土屋一脸心不在焉的样子直直盯着半空中。他脸色发青,战战兢兢,显然很不对劲。

接着,他慢了一拍才对春菜的话有了反应:

"什么,看东西?我可没看好东西啊,让它跑了。"

春菜不明白土屋到底在说些什么。

"跑了?什么跑了?"

不用低头也能确定玻璃柜旁边的手提包还在。看来不是行李丢了。

土屋好像被什么附身了似的,慌忙地扫视地板,然后又后退了几步。

"喂,你怎么了?有点奇怪啊。"

"刚才雷声响起来,我立刻追着你往外跑。可我来到入口的时候,想起手提包还留在原地,就折返了。就算馆里没人,也不能就这么丢下啊。我就回到了土偶那儿。弯腰取包的时候,我的额头碰到了玻璃柜的盖子,近距离一看,才发现它已经逃跑了。"

春菜用余光瞥了一眼土偶。从她所站的位置还看不出任何变化。她走了两三步靠近过去，来到可以俯视土偶头顶的位置，这才理解了土屋说的是什么意思。

几分钟之前，照相机取景框中捕捉的图像还清晰地留在春菜的脑中，而那些图像与她现在亲眼所见的现实明显不一样。

头顶上那个凹陷的圆形托盘上，已经不见了蛇的踪影。

春菜前后左右移动她的身体，从每一个角度确认这个事实。

到底要怎样才能变出这种把戏？就在春菜和土屋的视线离开土偶的一瞬间，文物馆的职员来到这里，用钥匙打开了玻璃柜，然后又用凿子把它头顶上的蛇小心翼翼地取了下来——这是唯一可能的解释。

可是，体现这种行为的踪迹却一概不存在。

蛇是凭借自身的意志，从完全密封的玻璃柜中，不留下一粒尘土地爬出来的。

失去了头顶上的蛇，土偶依旧保持着原来的姿势。它那狭长眼睛里的虚空仿佛多了几分黑色，像是有了邪恶的意志。

春菜想起了古玛雅文明题材图集的其中一页。墨西哥中部出土的一个土偶和这个土偶简直一模一样，那是一张描绘古代外星人的脸。

失去了头顶的蛇，土偶的特征就大不相同了。它显然变成了另一种生物。原本以为它只是为了恐吓周围的人才伸展出双手，仅仅是人假蛇威而已。可看来完全想错了。就算没了那条蛇，也看不出它有一点垂头丧气的神情。

它仿佛稍稍垂下了眼角，露出了大胆的笑容。

同为女人，春菜理解这种表情。这件绳文时代中期制作的土偶到底盘算着什么，无需通过语言也能传达到春菜的心里。五千年来，缠在头顶驯服至今的蛇，现在总算释放到世间了。所以它露出了会心的笑容。

关在这个封闭的玻璃柜里就什么都办不成。可来到外面，遍行天下，就可以随心所欲地发挥它的力量。

……它有什么企图？

春菜找不到这个问题的答案。而一比一头身的小小土偶，依旧面对着正前方。

仍能听到几声雷鸣继续传来。闪光与声响之间的间隔越来越长，不用看也能想象雷云过境的速度有多快。

第一章 通讯文

1

将年轻人心中蕴含的各种可能性打磨到发光发亮,柏田诚二相信这是自己的天职。

因此,当一所预备学校①的数学讲师再合适不过了。他从来没有问过自己到底能干些什么,只是顺其自然地就从事了这份工作,不过他深感适得其所。尤其是在谈论数学这门学问的崇高之处时,扫视一眼学生们的脸上的表情,那些细微变化的反馈让柏田感觉到自己成功点亮了学生的求知欲。每当此时,他都喜不自胜。这是一所中等规模的预备学校,在校生的层次也称不上很高。不过每年都有几个人因为听了柏田的课而把志愿从私立高校的文科改成公立高校的文科或理科。预备学校事务局编排的课程是打破文理科隔阂的综合基础课,而柏田能把数学的概念讲得既具体又容易理解,这也

---

① 在日本考大学前的补习学校。

许是最能发挥他能力的职位了。

还有五分钟,上午最后一节课就要结束的时候,柏田察觉一道射向自己的特别视线。在这个可以容纳百人的教室里,学生们济济一堂。要从那么多人中间发觉这一道特别的光芒,一般来说是万分困难的。然而她就坐在右后方的窗边,眼神在强烈地诉说着什么。

她的衣着很不起眼,端庄的脸庞与一头短发很相称。她的身材瘦小,是一转眼就会被埋没在人群中的类型。即便如此,那道强烈的光源还是照射到了讲台上的柏田身上。

这张脸不是第一次见了。从四月份开始讲这门课,已经过了两个月。他好几次见过这张脸。两个月下来,一般的学生都会坐在固定的位置。前排、后排、窗边,各有各的嗜好。大家基本上都会稳定坐在同一个地点。就算自己的专座给其他学生占了,一般也会选择最靠近的位置就坐。可是,这个女学生从来不被这种规矩束缚,总是在教室里四处游弋,根本没有专座。有一次还以为她会坐在前排左边,可下一次就坐在了后排中央,再下一次又到了后排窗边,每次坐的位置都有很大区别。

柏田当时还产生过是不是班上有好几个相似长相学生的错觉。

现在,阳光从背后照耀着她,细长而标致的面庞上,正流露出坚定的意志。

……看这儿。

受她的眼神吸引，柏田的视线朝她移过去。一瞬间，与她眼神相交，柏田有了一种不可思议的感觉。有点似曾相识。他觉得过去也有过一次相同的体验。

强烈吸引柏田的还不光是那眼神。在她视线不断闪烁的同时，嘴唇似乎也跟着眼神在动。面庞细长，嘴唇却很厚，湿润的嘴唇像水蛭一样蠕动着。她似乎想说些什么。

柏田正想再谈一谈行列式的概念是来自于联立方程式的一种发展分支，可她的嘴唇令柏田十分在意，一时失语。

"今天就到此为止吧。"

宣布课程结束的同时，下课铃也响了。

来到走廊上，柏田下意识地注意背后。没必要回头。感觉到背后有人的气息，他放缓了步伐。

不知不觉，一名小个子女生已经来到柏田的身边，紧跟不舍。就是刚才坐在教室窗边向自己投来强烈视线的女学生。

"老师，我有个问题想请教您。"

不出所料的情节展开，又让确定感提高了几分。

"是数学问题吗？"

"我想大概会跟数学有关系。我对这一点没法判断。"

柏田大吃一惊，不禁停下了脚步。而那女生趁此机会，往前多走两三步，轻巧地转身，与柏田正面相对站定：

"我叫由名理绘,从今年四月份开始听您的课。"

理绘的自我介绍极其自然,又恰到好处。

"听你的说法,这问题和考试一定没关系吧?"

大概是问得太过于含糊,柏田不知为何换了一种口气。

"老师您的课程很有用呢,让我对数学的理解加深不少,连平均分都提高了。不过,我还是最喜欢您在段落之间穿插的小故事。您的课网罗了从古代希腊哲学到现代物理的各种知识,不过更重要的是能让我对世界的运转方式有了新的理解。所以,我认为如果要找个人聊聊我好朋友的亲身体验,那么老师您再合适不过了。"

这是一种与现在一般女性毫不相称的、有点强词夺理的生硬语气。可不知为什么,从理绘的嘴里说出来,没有那种强人所难的感觉。

到底是应该无视她还是应该好好听她讲一讲呢?天秤两端摇摆不定。柏田忽而有了兴致。他想了想,觉得首先该挑个说话的地方,毕竟这多半也不是能站在走廊里讨论的话题。

"我明白了。我就听你说说。"

考虑节省时间的话,一起吃午餐效率最高。可是,在预备学校附近,讲师和学生一对一吃饭,难免不会引起什么问题。

对于这种情况下该去什么地方谈,柏田心里早有打算。

2

　　一楼走廊尽头有一段通向地下的楼梯,来到楼梯平台转身继续往下走一段,却是一条死路。要是正中央装上一扇门,很容易让人联想到前面可能是一间地下室。可眼前是一面漆得很完整的墙壁,也没留出什么空间,就突兀地阻截了道路。或许这里本打算造一间地下室,可在建造过程中出现了某些问题,临时改变了设计。只有这样才解释得通。

　　这么完美的死角可真不多,自从柏田在这个学校工作以来,这片"半地下室"的空间一直是他特别中意的地方。

　　柏田与理绘面朝墙壁,在从下往上数的第三级楼梯上并排坐了下来。

　　走廊上的电灯成了间接照明,从头顶照下来,让人觉得像是坐在郊外的电影院中望着大银幕。实际上,面前的墙壁没有凹凸不平,又涂成了雪白,做一张银幕正合适。要是在楼梯中段装上一台放映机,立马就能变成一间多媒体教室。

　　柏田把从小卖部买来的面包开封后,只见理绘把便当盒垫在膝盖上,打开盖子。

"你自己做的便当?"

"不,是我妈妈做的。"

理绘边吃边继续做自我介绍。

听着听着,墙壁上的银幕仿佛正在放映理绘至今为止的人生轨迹。当然,现实中没有这种映像,只不过是柏田用想象力创造的幻象在眼前的墙壁上播映而已。

银幕上正上演的故事。主要围绕着她为什么必须要来上这所预备学校这一动因展开,大多是她的平生事。若她只是十九岁的落榜生,那也没什么详述的必要,可理绘竟然已经二十四岁了。这么一来,不说清楚她为什么还在预备学校里就很难了解她本人的情况了。

一般来说,谈平生事,多数都会讲到一些不幸的遭遇。这首先能获得听者的同情,其次还能勾起听者的好奇,能让对方的兴趣维持下去。

然而,理绘的成长环境却完全跳出了这种陈词滥调,非常平凡而幸福。

理绘的母亲是全职主妇,父亲是高中教师,还有个妹妹。

在双亲的溺爱下长大的理绘,并没有经过深思熟虑就进了一所有名的私立大学,在文学部读英语系。毕业后立即成了一所中学的英语教师。这也是受当教师的父亲的影响所致。

刚开始，她充满了干劲，作为一年级的副班主任，热情地向前辈教师学习管理班级的基础知识。

而渐渐地，学校在她想象中应有的形象却与现实中的形象产生了龃龉。理绘心目中的学校是父亲所描述的那种学校。可是，现实并非如此。到底是哪里不对？怎么不对？起初她并没有抓住这种差异的本质，不过半年后，她终于分析出了结论：这是"管理下的社会"与"自由社会"的差异。

理绘所理解的"管理下的社会"并不是指学校单方面对学生施压所招致的结果，而是学生们自己构造出一种互相监视的机制、在互相管理的过程中形成的社会。同伴之间互相检查对方有没有遵守那些愚蠢之极的校规，时常还会以流行为幌子，制定一些随心所欲的规则，把不服从自己的人排除出去，简直就像是在互相诅咒，作茧自缚……

这与父亲所描述的学校完全不同。

说到底，父亲根本没有去考过教师证，只是被校方理事长邀请去担任教职，仅仅是因为个人水平高而被提拔，一直都在学校的管理层工作。

理绘从小坐在父亲的膝盖上，听他讲那些在学校发生的愉快故事。父亲工作的那所教会女子学校主要遵循基督教的理念，不会把人都视作同类，而是更倾向于重视学生的个性。学校的理念是推翻一些无谓的规矩，因人施教。在实际教育中，学校把竞争机制彻底排除，反而鼓励构建协作关系，也接受身体有缺陷的学生入学，教导学生维持多样性更重要。

在学习方面，把从老师到学生自上而下的教授方式，改为激发每个学生的个人意愿，培养出自主性的自下而上的方式，把学习的乐趣带给学生。

或许正因为这个缘故，这所入学平均分只有五十分左右的普通高中，毕业后的大学录取率却相当高。一传十十传百，报考这所学校的人也渐渐增加了。

在父亲的学校里，会教授万物的原理，面对各式各样的问题时，会针对学生们不同的应用能力来因材施教。可理绘的学校中，大多数人都被潮流牵着走，轻视教学原理，更倾向于压抑个人的主张。两所学校都号称重视个性，可理绘的学校在不知不觉之间已经酝酿出了一种彻底相反的氛围。

校园欺凌问题被掩盖，校方甚至会惩罚那些被欺凌的学生。这种教育方针的出台愈发加重了理绘对学校的幻灭感。

按照理绘的想法，不论是欺凌者还是被欺凌者，都是天生的受害者，这根本不是来点儿惩罚就能改善的问题。在世代交替间，表面下的盘根错节形成复杂的经络，蔓延至整个大地，束缚着人的身体。若有人生来就被夺走了追求自由的翅膀，那么自然也有人生来就幸运。

理绘清楚地知道自己是后者。最幸运的是，只有在良好的环境中生长的人，才能把表面下纠结缠绕的无形根系看得更透彻。

身为教师，当然更有机会把手上的班级改善得更好，也可以把学生心灵上的创伤一一治愈。那也算得上是一种很有价值的工作。

不过，理绘毅然决定离开学校。

她所追求的，是在更广阔的空间里施展拳脚。她一心想从事那种能铸造出全世界共通的崇高理念的工作。

所以当务之急，是要理解世界的运行规律。不理解这种规律，就没法获得根本性的解决方法。身在一个狭隘的世界，能够思考出的对症疗法是极其有限的。

大学毕业后工作的第一年，理绘就发现了自己真正想走的路。她辞去学校的工作，报名了预备学校，为了进入公立大学医学部专攻精神医学而开始了刻苦学习。

文科的考试基本上能做到完美，生物和化学也勉勉强强。唯一难敌的就是数学。迄今为止，理绘都没有认真地学过数学。

"原来如此。所以说，从数学成绩能看出你到底有多认真。"

听她说了这么多，柏田这才理解理绘为什么对学习数学有这么饱满的动力。

"您说得对。要花钱上的私立学校我可付不起，所以目标只有公立,机会只有一次。我不打算把这计划拖得更长。我绝对不希望别人认为我是在逃避现实。"

"因为发现了自己真正该追求什么,所以舍近求远。真是了不得。"

柏田吃完面包,理绘的便当也吃得差不多了,履历的话题总算告一段落。理绘一时想不起该接着说些什么,这才想起自己来到这里的真正目的。

"对了,我想问您的并不是学习上的问题。"

话题总算走上正轨。

"两年前,我的朋友曾经经历过一种不可思议的现象。两年以来,我头脑中的疑问总是挥散不去。如果说有谁能给我一点启发,那除了老师就没有别人了。我听您的数学课时,一直这么想。"

"你这可是太高估我了。"

柏田嘴上这么说,却偷偷对理绘的神准直觉啧啧称赞。的确,柏田拥有一种和普通人不同的体质,他至少转世过两次,依旧能模糊地维持前世的记忆。换句话说,这已经足够证明柏田能够看透世界内幕后的内幕。理绘的直觉是正确的。不过,就算这样,也不可能对她炫耀自己的特殊能力。这是绝不能为人知的能力。

然而,柏田的好奇心却不由分说地膨胀起来。

"你几年来的疑问到底是什么,我就听你说说吧。不过我话先说在前面,对你的那个问题,我到底能不能给出答案,可完全没有保证。"

理绘紧紧盯着墙壁上的一处,用舌头润了润嘴唇,开始述说。

3

　　打开房间门，站在玄关口，柏田正要把脱下的鞋子装进橙色收纳柜中时，视线忽而停留在了一旁的书堆上。

　　《环界》①这个不祥的书名正昭示着它的存在。想要让视线远离，却像是磁力反而增强一般被吸引过去。

　　这几天来，他一向用相同的动作把脱下的鞋子装进收纳柜，今天却有一股强大的力量迫使他将意识集中在玄关边的书上。

　　或许是因为白天听那个叫由名理绘的年轻女孩讲述了一个奇妙至极的故事，受到了她的影响吧。

　　……这件事，已有眉目。

　　柏田这样对自己说道，接着摇摇头，轻捶了几下腰，舒展身体，走到洗脸台前。

---

① 铃木光司著"贞子之环系列"第一部，曾译为《午夜凶铃》。

洗手，漱口，接着注视镜中的自己。与其说是注视，不如说观察更贴切。他用手摸着脖颈和下颚，抬起面颊，从上至下由左至右各个方向仔细检查，这已经成为他到家之后的一个仪式。

……别人看到这张脸，到底会认为是几岁呢？

每天回到一室户的公寓，他就会回想这一天之中所遇到的人，开始思考在别人眼里自己的脸看上去到底像几岁。他已经对这种习惯上了瘾。

话又说回来，自己到底是几岁，连自己都快忘了。身为高山龙司三十二年，身为二见馨二十年，身为柏田诚二已经四年，合计就是五十六年，可这数字与实际年龄是不一致的。柏田的户籍年龄是二十八岁，那个数字在生物学上也没有任何意义。他仅仅借用了失踪者柏田的户籍。护照在社会上通用，但户籍年龄只不过是假护照上的一行字而已。

在日常生活中，难得需要把护照出示给别人看，可只要出门就会把脸露给别人看到。对于柏田来说，重要的不是户籍上的年龄，而是外表的年龄。

实际上，从高等概念创造出的世界模型（又被称作"环界"）中诞生并作为柏田生存，刚过了四年。假如要用生存年数来计算年龄的话，就应该把二见馨的二十年再加上去，也就是二十四岁。可看了柏田的脸之后，根本没人觉得他是二十几岁的人。

大多数人都说是四十岁左右，要不就是三十五到四十岁。柏田把社会普遍看法平均了一下，被问到年龄的时候，就会报上三十六七岁的数字。

镜中映出的是一个对世界只有四年个人记忆而看上去年龄将近四十岁的男人。

柏田伸展双手，插入头发之中，把头发向后脑勺捋。依旧是熟悉的手感，多亏了毛发茂盛，才能确保三十多岁的面相，要是再稀疏一点，估计立马就会变成四五十岁的老头。

他把脸凑近镜子，将夹着刘海的手指往外抽出的那一刻，毛发浮在半空，这一瞬间，整张脸就好像美杜莎。

他的手已经停止动作，可是对脑海中的意识作用进行客观分析之后，他觉得"相当有意思"。

希腊神话中出现的"美杜莎"这个词，会让世人联想到什么呢？每个人的脑海中并不会出现完全独立的形象，而应该会联想到一种具有特定特征的女性面容。这恰恰是历史、文化……这些人所共通的记忆共同作用的结果。

希腊神话中出现的美杜莎被描绘成每根头发都是毒蛇的形象。名称的语源是"女性支配者"的意思，虽然她拥有让见到她的人都变成石头的能力，却被珀尔修斯用青铜盾一边映照出她的样子一边靠近她而将自己斩首，从此被制服。

柏田曾经在画集上看过鲁本斯①绘制的《美杜莎之首》。尽管头颅已经被斩断,却依旧散发出宝石般的炫目光芒,包覆在头部的蛇群滑溜溜地扭曲着身体。

鲁本斯的画,一样是作为艺术流传于世间的集体性记忆的一部分。

从环界而来的这四年间,柏田拼命学习的就是这个世界的历史、文化和艺术。不论有形还是无形,若不知晓古往今来的世界是如何发展到今日的多彩模样,就无法和他人进行交流。只不过,数学和物理却没必要学,因为令人惊奇的是,对他来说,这二者与他前世在上层世界所了解的形式及记述方式是一致的。

今天中午,柏田与一名叫做理绘的女性聊天时,切身感受到了人类共有的集体记忆。她一边说,柏田一边听,脑海中却浮现出了几乎相同的影像。

两人同时联想到的形象就是美杜莎。而现在柏田的脑海中,只不过是重现了当时的影像而已。

柏田细细品味理绘所说的话,试着整理了一下脉络。

发端是在两年前。

理绘的朋友,一名叫做田岛春菜的女性,曾与男友土屋一起探访长野县南部的井户尻遗迹。在文物馆中,他们欣赏

---

① 鲁本斯(1577—1640),佛兰德斯画家,17世纪巴洛克画风的西欧代表。

了一件形为缠绕着蛇发的女性土偶。

那是绳文时代中期出土的文物。绳文的土器多见一些在边缘附着几条蛇的造型，可土偶的头发即为蛇形，是一种极为罕见的构造。

然而，在一阵反季节的电闪雷鸣吸引住两人注意力之时，土偶头部所承载的蛇却消失不见了。

把这桩奇事告知文物馆职员之后，职员却认为这是恶作剧，一度还怀疑是春菜和土屋所为。可是，收纳土偶的玻璃柜上过锁，并没有被撬开的痕迹。经过缜密的调查之后，唯一可以明确的就是——这怎么都不像是人为的手脚。

距今五千年前用泥土塑造的土偶，只有头顶的蛇完全地消失不见了，简直就像是拥有自我意志爬了出去一般……

这桩不可思议的怪事很快便走漏了风声。地方晚报用短文介绍了一番，一本超自然主题的月刊杂志则刊登了一篇更长的专栏文章，专栏是依据对春菜和土屋的采访稿书写的："井户尻遗迹中展示的女性土偶头部，只有蛇消失了……"这种难以置信的现象成为报纸和杂志的专栏文章之后，就算不至于众所周知，也至少让一部分人有所耳闻了。

不过，这个故事还有后话。那就是春菜的好友理绘所知晓的事情。这两年来，她一直把这件事深埋在心中，直到今天中午才总算对柏田和盘托出。

离开卫生间，柏田闪过地板上四散的书堆，来到窗边。

打开空调之后,他又拉开窗帘,唰地打开了窗户。一股闷热的空气透过纱窗闯进来,饱含着湿气。空调的冷气还没沉下,柏田的脖子上淌出了一行热汗。

他后退几步,在椅子上坐定,俯视着邻家的屋顶,又回想起理绘的脸。理绘那种能把春菜的言行有条有理叙述出来的语气,一直到最后都不失冷静与客观。仿佛经过两年时间之后,这件事已经被她从一个单纯的谜团升级成科学级别的疑问了。

理绘今天中午讲述的内容,他几乎全都记得。

那是土偶释放出蛇之后,发生在春菜身上的一系列不可思议的事件。

实际上,日本自古以来就有用以形容春菜所体验过的现象的词汇,被称作"神凭"①或者"笔先"②。而现在,已经把这些称呼统一为"自动书记"③了。

---

① 日语作"神がかり",意为神灵附体,又或者指被神灵附体的人。
② 日语作"お筆先",意为神谕、神的指示。
③ 日语作"自動書記",指心理学术语Automatism或Automatic Writing,意为无意识或下意识的非本意动作。

4

两年前的初夏……

从小学到大学一直都与理绘在同一所学校上学的春菜，不光是理绘的发小，还是她唯一的亲密挚友。

春菜刚开始有所变化的时候，理绘还觉得这是件可喜可贺的事情。可经过一段时间，喜悦就被不安代替了。

春菜从小就有些骄傲自大，时常炫耀自己长得漂亮。每当她就要被女生们排挤出去的时候，在暗中疏通同学关系包庇着她的总是理绘。春菜总爱对人居高临下，理绘从小就知道这一点，早就已经习惯，所以并不很在意。正因为有一个人见人爱的理绘常在身边，春菜才没有成为被欺凌的对象，顺利地度过了小学、初中和高中。

然而，春菜自从去过井户尻遗迹以来，她那种居高临下的态度彻底不见了踪影。从前，她从不管别人是不是在说话，都会急冲冲地抢着发言。可现在她的话与话之间，时间间隔却越来越长。这给人一种深思熟虑后才开口、失言逐渐减少的印象。而且再也听不到她说人坏话了。

为人处世沉稳，性格变得圆滑，代表着春菜原本的性情已经消失殆尽。

没错，她整个人都变了。自从她参观井户尻遗迹，经历过土偶头部的蛇消失不见这一不可思议的体验以来……

假如说变化仅限于心理层面还说得过去，可一旦出现了明显的行为差异，理绘心中的不安就加重了。

不知是方言还是某个其他国家的言语，她的嘴中开始时常冒出一些莫名其妙的句子。从句子的前后脉络可以听出一些固有名词，可是因为发音陌生，又不明意义，理绘听了许多次，还是没能记住那些单词。

不明意义的固有名词似乎是某个人的名字，春菜时常对他或者是她，诉说着什么。

梅雨时节某天发生的事情，给春菜带来了一系列的异变，也逐渐让她显现出某种肉眼可见的身体特征。

那一天，理绘正坐在校园中央大银杏树旁边的长椅上，等着与同学兼男友会合。还有两个星期，学期考试就要开始了。这正是英语系学生们拼命整理笔记的紧张时期。

理绘不光能把笔记重点归纳得清晰明了，而且不会摆出一张臭脸，谁都能向她借到。所以她的笔记被奉为至宝，获得了"英语系中被传阅次数最多"的称号。

到了约好的时间，说要借笔记的男友却没出现。

上午的课程刚结束,学生们三三两两地从身旁经过,正要去吃午饭。

理绘本准备等男友来了之后就一起去学生食堂吃点东西。可现在越等下去肚子就越饿得厉害,反复查看手表的次数也增加了。

正在这时,理绘的视线被穿行在校园中的春菜吸引住了。虽然间隔很远,但春菜的侧脸特征很明显,她不可能看走眼。

带着男生飒爽地大迈步才是她的风格。可那天的春菜不但是单独走着,还鬼鬼祟祟的,整个人的感觉很是诡异。

"春菜。"

理绘边站起来边向春菜打招呼,春菜却止住脚步,朝相反方向张望,又向不知道什么方向走了开去。理绘气不打一处来,跑过去拍了拍她的肩膀。

"我说春菜啊!"

春菜回过头来,只见她额头上眉宇之间闪亮亮的,像是涂抹上了星光。整张脸上浓眉大眼,跟漫画的主人公似的。再加上她满面笑容,理绘感受到一种与二次元世界女主角邂逅的错觉。

刚开始还没反应过来是哪儿不对劲,倒退一步打量春菜的全身之后,理绘才明白究竟是哪儿不对劲了。肩膀上斜挎的亚麻背包代替了她的名牌包,绿色的T恤衫又土气又偏长,下半身的棉长裤短得根本不合身。再往下面看，脚趾头都从扁平底的破运动鞋里冒了出来。春菜平常是绝对不可能这么搭配的。

如果是以前的春菜见到穿成这样的女性，一定会先嘲笑她"土到掉渣"。不过，虽然身穿着不合身的土气服装，春菜的表情却神采奕奕的。

春菜发现面前站着的是理绘，便伸出双手握住了理绘的手：

"理绘，好久不见。你最近好吗？"

日本史专业的春菜与理绘不在一起上课，所以已经快一个星期没在校园见面了。仅仅一个星期，她浑身的气场就已经截然不同。理绘很是惊讶，疑窦丛生：

"春菜，你到底是怎么了？"

这句话问的只是她的奇装异服。可春菜似乎连问题本身的含义都没能理解。

"我只是，在做，正确的事。"

春菜注视着远方回答道。

不知道该怎么接她的话，理绘正哑口无言的时候，等了半天的男友跑了过来。

"让你久等了，真抱歉。我请你吃午饭。"

他对着理绘摆出祈求原谅的姿势，忽然注意到理绘身旁的春菜，就径直侧过身子，他那副模样就好比信徒正要向马利亚像祈祷,刚联想到这个场面,春菜忽然从理绘的视野中消失了——她瘫软在原地。但她并没有失去意识,似乎是因为下半身没了气力而跌倒,一屁股坐在地面上,单手支撑着坚持抬起上半身来。她的右腿不听使唤地扭曲着。理绘已经看出她倒地的原因并非大脑失灵,而是来自于身体失控。

然而,倒地的春菜依旧不改满面的笑容。愈仔细观察,愈能发现她的心理和肉体似乎已经分裂开来,愈加突显出那种不协调的迹象。正常人应该立刻就会作出反应,可当理绘蹲下身想扶春菜起来的时候,春菜却慢了半拍才想要自己爬起来。

"你没事吧?"

问了她,她却开朗地回答道:

"没事呀。最近,我的腿,总是会,不听使唤。"

春菜一边说着,一边拼命想站起来,只见她的右脚尖不断踢空。理绘伸手揽住春菜的腰,把她抬起来。

"你小心点呀。我还是叫辆救护车来吧?"

"别大惊小怪,我没事的。要是警笛声响了,我的梦就会醒了。"

春菜借着理绘的手臂站了起来,顺势一屁股坐上了长椅。

理绘和早已目瞪口呆的男友一同望向春菜。原本约了男友吃午饭在先,可总不能把浑身不对劲的春菜留在这儿就直接离开呀。如果她的身体有什么不适,就该多关心她,看看能不能帮上忙,这才是身为好友的责任。

春菜仿佛是发觉了理绘正摇摆不定,她发出"嘿咻"的叫声,从长椅上站起来,缓慢地摇了摇头。

"不用麻烦,没事的。理绘,你不用费心。我,必须得走了。下次,我们,慢慢聊。"

"可是……"

"行了,行了。我,必须得,走了。"

"春菜,我今晚给你打电话。你在家吧?"

"在家呀。"

春菜轻飘飘地挥了挥右手,跌跌撞撞地走远了。

理绘注视着她离去的背影,一股不祥的预感来袭。她的身上还会出现何种事态呢?完全无法预料。只不过,有一点很明确——肯定不会是什么好事。

一直到最后都没有改变的笑容,那种异样的开朗,反倒让不祥的预感更加强烈。

理绘的预感是对的。

那天午后,印刻在理绘眼眶中挥之不去的,就是春菜步履蹒跚往学校后门走去的背影。

那是春菜最后一次在医院之外行走的样子。

5

　按照约定，理绘当天晚上就给春菜家打去了电话。

　理绘小学时就去过春菜家不少次，知道她家电话机摆放的位置。走进玄关，左手边的客厅边桌上放着电话主机，二楼走廊尽头的墙壁上挂着子机。理绘握着话筒，想象着从客厅到二楼走廊回响起的电话铃声。不管屋子里的人在哪儿，接起电话所需要的时间，她基本上心里有数。

　响铃的次数不断增加，握着话筒的掌心感受到了电话那端的寂静。

　她想象，空洞的铃声在客厅和走廊上回荡着，就是没有一个人来接电话，打了好几次都没用。正打算停止拨打，明天早晨再试一次的时候，春菜的母亲却很快接了电话，用筋疲力尽的嗓音告诉理绘：昨天傍晚，春菜在从大学回家的路上晕倒，被送进医院，接着就直接住院了。

　晕倒的原因不明。因为考虑到可能是脑损伤，从今天开始要进行正式的检查。春菜的母亲说完，深深叹了口气。

春菜住院刚到一周的时候,理绘估摸着主要检查应该都结束了,就去她的病房看望。

理绘没带任何慰问品,空手来到了病房。她是准备先了解一下病情,掌握准确的信息之后,下次再选择适当的慰问品送来。她一开始就没打算一次性完成探病。

确认了一下门边粘贴的全新姓名牌,理绘敲门进入,只见春菜躺在床上读着文库本。她把胸口的书放平,把脸转向一边:

"理绘,你,来了。"

春菜的意图随着她的声音传达给理绘。她明明是想把脸转向理绘所在的门口,可是她的脖子向反方向扭曲,怎么也动不了。

理绘赶忙来到床边,拉出一张小圆椅,坐下来握住春菜的手。只要触碰她的肌肤或许就能多少了解一点她的病因吧?这是心急的举动,想问的问题多得数不清,实在是令人丧气。

"你妈妈呢?"

在疑问的漩涡中首先浮起的,是关于她家人的一个不经意的问题。在这件八叠①大小的单间里,不见她家人的踪影。

"她刚才,为了取毛巾和替换衣服,回家了。"

---

① 日式榻榻米的传统尺寸约为$180 \times 90 cm^2$,称作一叠。

"是嘛。"

春菜的母亲是敦厚温和、极为节制的人。她凡事都亲力亲为,为了孩子们不惜牺牲自己。恐怕现在她正把全部精力都投注在春菜身上,在家和医院之间来回往返吧。

"我说,你怎么样?知道病名了吗?"

理绘又问了一句,可春菜只是微微摇了摇头。

"不知道。"

春菜说着,翻开毛毯,拉过理绘的手放在自己的胯下。理绘的手指尖触摸到的,是隔着一件睡衣仍然硬得明显的疙瘩。附着在髋关节一侧的肿块,有着一种无法言喻的可厌触感。理绘不由自主地抽回了手。

"你看,很硬吧?就是因为生了这东西,我才不能走路。其他地方也生了很多呢。要摸摸看吗?"

理绘猛地摇头。年轻女性的柔软身体,竟然生出许许多多这样的肿块,光是想象就让人想吐。

"病名是什么呢?原因呢?怎么才能治好?"

面对理绘连珠炮般的提问,春菜抬头对着天花板眨眨眼:

"我是个让人讨厌的女孩吧?我好羡慕理绘,你人好,大家都喜欢……"

"你在说什么呀?该羡慕的人是我才对。你长得那么漂亮,男生们总是围着你团团转……"

"谢谢。可是,我知道,是因为理绘你在我身边,我才有今天。要是只有我一个人,我早就坚持不下去了。"

春菜一脸若无其事的表情,断断续续地说话,那模样令不祥的预感不由分说地膨胀,理绘脑中的不协调音开始轰鸣。这句话,听起来就像要启程远行的人临别赠言一般。

理绘无言以对,视线游走到枕头旁边,停在了挂在床头板的一根手杖上。若说这手杖是用来辅助步行的话,手柄部分与杖身形成的T字形却异样地大,难看至极。

直到第三次造访病房的时候,理绘才明白这个T字形手杖是派什么用场的。

第二次探病的时候,春菜的母亲在场。可当理绘鼓足劲儿问起春菜的病情时,却依旧不得要领。从回答的混乱程度看来,不光是春菜的母亲,就连医生们也对这不明原因的怪病束手无策。

进行过多重检查,探讨过各种各样的可能性,仍然无法确诊病因。

春菜住院将近一个月后,理绘第三次探病之时,发现病房里多出来一名陌生的女性患者。理绘站在门口望见她身穿睡衣坐在轮椅上,一看就知道是同一所医院的住院病友来探望了。

看到这幅景象的理绘,在门前停下了脚步,心想今天还是先回家，下次再来吧。

春菜坐在病床的一头，右手搭在床头板上挂着的手杖握柄上，左手正在抚摸女性患者的后脑勺。那名女性患者保持着坐在轮椅上的姿势，上半身前倾，头搁在春菜的膝盖上，即便头部被抚摸着也纹丝不动。理绘感到仿佛窥见某种秘密的仪式，正想转身离去的时候，春菜却缓缓地睁开眼睛，请求她进来：

"你别走，没关系的，很快就结束了。"

理绘走进房间，反手关上门，站在原地细细地端详眼前的景象。

好比两尊重叠在一起的雕塑，春菜和那名女性患者的动作完全静止了。

少顷，春菜将置于女性患者头部的手抬起来，移动到她的肩部，然后轻叩了一下。紧接着，女性患者也直起上半身，对着春菜低下头，转动轮椅离开了房间。

直到她的身影彻底消失之后，春菜才开始说明刚才那些行为的意义。

听着听着，理绘总算找到了那个可以解释春菜刚才所作所为的词语。

灵异诊疗。

她曾经读过一本美国灵异诊疗专家的传记，所以脑海中立刻浮现出了这个词语。

据说入院几天之后，春菜身上所显现出的能力就开始为众人所知了。似乎在她本人都没意识到的状态下，不可思议的力量就弥散到了周围。

前往体检候诊室的时候，春菜看见那些流露出祈祷般的表情正等待着肿瘤诊断结果的患者们，便坐到他们身旁，静静握住他们的手，进行两分钟的冥想。被握住手的患者毫无讶异，极其自然地接受了春菜的行为，坦率地与她进行心灵的共振。几天后，他们获得的都是几乎可以称为奇迹的良性检查数值。

风声很快就传遍了，患者们每天都会往来春菜的病房。

右手拄着T字形手杖，左手置于患部，接受过这种灵异诊疗的五个人，全都达到了显著效果，其中的两个人更是奇迹般地望见了治愈的曙光。

一名肺癌细胞转移到骨髓而又遭遇腿部骨折的患者，接受灵异诊疗之后，从病痛中解放出来，所有的数值都转为良性。

一名胃部被切除了三分之二的癌症患者，被诊断为癌细胞很可能转移至淋巴结。虽然已做好了接受的心理准备，但在被春菜触摸之后再进行检查时，图像上的阴云一扫而空，得到了能够期待的最好结果。

前往春菜的病房接受恩惠的癌症患者们在治疗上取得飞跃进展的同时，春菜的身体却在一天接着一天地衰弱下去。

春菜好像从其他患者的身体中吸收病变细胞一般，自身器官的肿块越发变硬变大。

两个月后，理绘第六次探病时，终于战战兢兢地触摸了春菜的全身。由于第一次的触感过于恶心，她一直在回避这种接触，但她的好奇心被这种不可思议的现象驱使，忍不住用手指来回抚摸了理绘的肌肤，得出了一个结论。

这是石化。

年轻女性独有的柔软已经彻底从春菜的身体上消失，硬邦邦如石头一般的触感已经取而代之。

虽然无法自由活动，只能躺在床上，但她脖子以上的部分几乎没有异常，依旧是那张美貌的面孔，还可以慢吞吞地说话。

"这就好像一个人长时间被鬼压床呀。"

春菜的口气好像事不关己，完全没有穷途末路的样子，仿佛在享受着自己身处的状况，笑嘻嘻的。

如果对方开始诉苦，那么鼓励她的话语才真正有意义。然而，春菜这样一边说笑，一边畅谈着崇高的理念，甚至反过来鼓舞理绘，这只让理绘更加词穷。

"对生命来说，最重要的是不要阻止自然的潮流。想要为善，首先要有开始行动的勇气。因一时的情绪而产生的理想论，最终恐怕只会让世界停止转动。我们已经不能回头了，但我们还可以向前。我们要冲出表象的黑暗，朝着光明的方向，扭曲身体向上飞升……那就是生命赋予我们的使命啊。理绘你一定能做到的。不要去听从那些诱人的话语，也不要害怕与未知的局面对峙。你，一定能做到吧？"

春菜所说的话，理绘没法完全理解。理由很简单，前后句子缺乏逻辑。

之后再一次去探望时，也有患者在春菜房间中。和上次一样，理绘还是站在房间的一角，等待心灵治疗结束。仔细观察下来，理绘发现春菜与患者一句话都没有交流过。又回想了一下，理绘才注意到，春菜的确从来没有和患者说过一句话。就连面对母亲的时候，她也维持一言不发的状态。

……她似乎只对我说话。

理绘感觉到一种渴望传达某种信息的强烈意志正单方面向自己逼近。传达的方式并不仅仅是言语，而是用尽一切手段诉说。不论在睡梦中还是苏醒时，不论何时何分，春菜这种试图表达的行为，对象仅限于理绘。突如其来，毫无征兆。

当日，天气晴朗，即便已经拉上了蕾丝窗帘，仍然能感受到夏日的强烈日晒。室内开着空调，凉飕飕的，而外面毫无疑问已经超过了摄氏三十度。窗外的道林树上，枝梢与叶片纹丝不动，几乎是无风状态。

诊疗结束，那名女患者离开房间，理绘便来到她刚才坐的圆凳旁坐下，握住了春菜的手。

"理绘，谢谢你。你又来了。我只愿意听你一个人的话。所以，你能不能告诉我，我现在，是醒着？还是，睡着了？我现在，到底是不是清醒的状态，求你告诉我。"

理绘已经理解春菜所处的状况。春菜似乎已经意识混浊，区分不了现实与梦境。

"春菜，你现在醒着。你能感觉到我的手抓着你的手吗？"

理绘说着便低下头，只见春菜插着注射针管的上臂已经出现一摊青紫。说不定她的皮肤早就丧失了知觉。

"是嘛。我现在，醒着呢。对了，最近，我做了个，好长好长的梦。不知是昨天，还是前天，总之是特别舒服的梦。有好长一段时间，我都飘浮在梦的狭缝里。你明白吗？梦和现实之间，有一层薄薄的、软软的、像薄膜一样的东西，它包裹住我的身体，所以软绵绵的……我觉得好痒……明明周围很明亮，却一点都不觉得耀眼……"

一直说个不停的春菜戛然而止，好一会儿都不发一言。理绘抬起了头。只见春菜的身体挺得笔直，仰面躺倒，胸口缓缓地上下起伏。

她说累了，睡着了。

"春菜。"

小声呼唤她也不见反应。

理绘站起来看看墙上的时钟，想了想接下来该做些什么。为了尊重春菜想传达的讯息，理绘每次探病至少要待足半个小时听她说话。可这回进房间还不到十分钟。现在就回去恐怕太早，可又不见得要把她吵醒。

观察了一小会儿后，理绘再度坐回圆凳上，从包中取出文库本开始阅读。眼睛扫着一行行字，文章却一点都看不进去。一串短促而规则的声音钻进了理绘的耳朵。似乎这声音从刚才开始就没断过。只不过，这声音刚才还没提升到意识的表层。

那是轻轻的、规则的、"吱吱、吱"一类的声音，耐人寻味。理绘立刻抬起头，寻找发出声音的方向。床铺对面，窗玻璃的正中央，有一片深橘红色的色块。因为拉上了蕾丝窗帘，起先还没法分辨出那究竟是什么。理绘来到窗边，斜撩起窗帘的一角，发现一只鸟停在窗沿上，用嘴啄着窗玻璃。

那不是乌鸦，不是雀儿，也不是燕子，而是一只中等大小的、从未见过的鸟。仅相隔几十公分这么近，即便理绘与那只鸟有了眼神接触，它也不逃，只是继续发出"吱、吱吱"的声音啄着玻璃。那只鸟的橘黄色面部的中央有一个灰白色的圆圈，圆圈上面镶嵌着玻璃珠子般的眼球。眼神的焦点呈现完美的圆形，根本没看任何方向，而是注视着虚空，黑色玻璃珠子上根本看不出一点活的表情。那只鸟仿佛成了一个啄木鸟玩具，不断重复着小幅度而机械化的动作。

既然确定了声音从那儿发出，理绘便再次回到圆凳上，继续读书，可她再也无法集中精神。不知是不是心理作用，那声音好像越来越大了。

没有音程①，却有一定的节奏。渐渐地，理绘的耳朵里仿佛响起了一首乐曲，就好像神乎其技的钢琴家摒弃了繁复的技术，只用一根食指演奏出来的音乐。

理绘被音乐吸引，把书本放在膝盖上，仔细聆听窗玻璃上发出的声音。

接着，理绘忽而觉得一个个音节仿佛交织着一些话语。听上去像是一种语言，却怎么都理解不了它的意思。传达信息的主体就在不远处，然而那信息又隐藏在雾霭中，不露出它的真面目。

理绘灵光一闪，猛地站起来，从包中取出了大学用的笔记本。

她感觉到"吱"和"吱吱"的交替重复中有一定的模式。那本笔记是在讲解英文原版书的课堂上使用的，但现在管不了这么多。她翻到空白的一页，将"吱"和"吱吱"的声音分别标记为"·"和"—"，一鼓作气地全部记录了下来。

她感觉这简直是上天要传达给她的讯息。

这算不算得上"自动书记"呢？理绘并不明白。既然是

---

① 音程指两个音之间的高低关系，通常用于乐音体系中。

在春菜沉睡状态下通过鸟的嘴传递的消息，那就应该称之为"自动书记"吧。

不过，假如鸟嘴里冒出来的天之箴言是只让理绘一个人听到的，那么这便是神赐的祷词，而理绘的行为就该被称作"笔先"。

从当时的氛围来看，春菜与鸟之间很显然有着某种明确的感应。可这些信息来自谁？要传达给谁？就不得而知了。

两年前的夏天，理绘把那只鸟啄窗户的声音全部记录在了笔记本上，几天后，春菜就陷入了昏睡状态，直到现在都没有醒来。

春菜成为植物人……不，石化之后，癌症患者依旧接踵而来，紧抱着春菜的身体，继续乞求奇迹降临。

春菜成了一尊活的石像。

6

那个房间不知为何没有名称。

靠墙放着三台复印机,中央摆着三套钢管腿桌椅。有讲师休息室、资料准备室、谈话室……或许是因为这些房间的分工都太明确了,才特地留了一个没有名称的房间吧。房间里充斥着纸张的油墨味,没人会在这儿吃午饭。

柏田打开了理绘给他的笔记本,倒扣在复印机上。

一星期前,理绘向他讲述了自己的经历,于是柏田答应她先看看笔记。今天上完课之后,他立刻就在走廊上拿到了那本笔记。

她给我的不是复印件,而是原稿的笔记本,到底有什么真意呢?柏田正思考着这个问题时,复印机已经吐出了第一页,他见状立刻替换了下一页。

这是两年前理绘还在上大四的时候用过的课堂笔记。内容大约是七成英语,三成日语,写得满满当当。字迹小而工整,记录准确而精短,四处都添补上了小插图,显得简单易懂。就算现在光看这本笔记，也一定能在脑海中完美重现当时的课堂内容。理绘的聪慧从她的笔记本上就可见一斑。

其中有长达两整页的内容，写的既不是英语也不是日语。与那本题为"英文原版书讲解"的笔记名完全没关系，标记方式也不同，一眼就能看出异样的光彩。

笔记上写的是"—‥—————‥—‥"类似摩斯密码的符号。

这是两年前春菜住院期间，通过鸟的嘴进行类似"自动书记"的行为时，理绘拼命记录下来的内容。

理绘当时忽然想到用"—"和"·"这两种符号分别来代表"吱吱"和"吱"，大概是为力求准确，所以她完全没有使用"—"和"·"以外的表述形式。

柏田翻看着笔记，渐渐开始理解理绘的意图。

首先，她明显是想让我看到这本笔记透露的整体状态。

原本是讲解英文原版书的笔记本，整体内容秩序井然，到底从哪里开始有了异质的变化？只要接触到实物就能一目了然，不可能把重点看漏。整体与部分的呼应之间，满是那种灵魂的紧张感，连一瞬间的启示都决不会错过。与其他文字相比更有一种力量，一种奋不顾身的力量。即便是两年前写就的，仍然残留着力透纸背的印记。

这种鲜明的质感用复印件恐怕难以体会。

柏田把尚留有余温的复印件折叠起来插进笔记本里，夹在腋下走出了房间。他径直去小卖部买了两个面包，去往一星期前去过的那个地方。

通往死路的半地下室……这名称没什么品位，却把那个地方的特点准确地表述出来了。

理绘还没到。

刚才和她简短地交谈了两三句话，说好了复印完之后就在这个"通往死路的半地下室"碰头。

理绘说她要和朋友见一面，互借几本参考书再来。看来暂时还得等待片刻。

柏田在楼梯的倒数第三级上坐下，边喝牛奶边咀嚼香肠和面包。抬起头，眼前的白色墙壁化作银幕，放映出理绘一周前所讲述故事的主线。画面断断续续地浮现，又消失，低头一看，最后提到的那些讯息已经变成了复印件，握在自己的手中。

柏田单手吃面包，另一只手翻开复印件，来回扫视着纸面，尽全力发挥数学家的眼力，试图看穿是否真的有规律。

柏田相信"场"的力量，不过就算理绘坚持认为由"吱"和"吱吱"组合而成的符号是来自某处的一段讯息，首先应该做的还是质疑。柏田并没有目击现场的状况，或是亲身感受过那种氛围。既然只是鸟在啄窗户，那就很可能仅仅是一时兴起，就算把它排成符号阵加以分析，恐怕也不见得能分析出什么意思来。

走廊那边像是传来了一点声音,回头一看,却不见半个人影。原来是窗户被风吹动,摇晃了几下。

站在讲师的立场上,跟预备学校的女学生交往是绝对禁止的。要是传出去,学生家长来投诉,很可能演变成严重的问题。当然,柏田对理绘从一开始就没有任何男女朋友交往的意思。可是,在这个半地下室的空间里避人耳目地一起吃午饭,万一被第三者看见了,决不会是什么好事。在柏田看来,理绘是个相当有魅力的女孩,正因为如此,才让他格外在意别人的眼光。

正当柏田打算把关于理绘的乱想从脑海中赶走的时候,理绘本人已经坐在了他的身边。

"让您久等了,真抱歉。"

她来得比想象的快多了,根本没让他久等。

"没事儿,我也没来多久。"

理绘把便当盒放在膝盖上,打开盒盖。

"您看了吗?"

"当然了,只是简单浏览了一下。关于内容,我想听听你的想法。"

柏田边说边把笔记本递回去,可理绘并没有直接取走,结果笔记本就摊开在两人之间。

"我猜,那会不会是密文?"

根据《环界》的记载,高山龙司也对密码十分执着,非常擅长解读密码，特别是在大学医学部上学时，朋友之间经常玩密码游戏，他发挥出了超人一等的才华。解读密码跟数学能力有很深的联系，这是理所当然的。

"是或不是，我们首先要弄清楚这一点。"

"假如它不是密文，会是什么？"

"无意义。"

"无意义……"

"没有内在逻辑的冗长信息。也就是说，真正有含义的信息并不包括在这堆符号之中。"

"那我当时……"

"我明白。你是那么感觉到的。那种声音就好像从天而降，令人一分一毫都不舍得错过。你的这种态度是非常重要的，一旦分心，就会错过神的旨意。大部分人都放任机遇溜走，而你拼命地记录了下来。你的态度是正确的。但是，我们首先要质疑它。你明白吧？"

理绘点点头。

"要怎样才能判断它到底是不是密文？"

"我们要厘清混乱，用逻辑思考一步步来。首先从加密的定义开始。加密，就是要让除特定对象之外的人无法理解真实的信息，在信息表面蒙上一层掩饰的手段。所以，这段信息有必要是密文吗？"

理绘缓缓地摇头。

"没必要,因为当时根本没有需要避嫌的其他人在场。"
"也就是说……"
"并不是密文……"
"没错,那它就变成了普通的讯息。这样一来,我们就能如此预想:信息上并没有施加阻碍解读的手段,所以很可能出乎意料地单纯。接下来的问题是:这是谁发给谁的讯息?"
"春菜当时睡着了,所以利用鸟的嘴来向我传达信息。我感觉是这样的。"
"她为什么必须采用这种方式呢?"
"我也不知道为什么……"
"春菜可以用嘴说话,没错吧?"
"是的,脖子以上都能正常活动。虽然很慢,但是能说话。"
"那么,使用我们的语言来传递信息最为快捷。不论是信息量还是准确性,都能完胜其他方法。"
"那她会不会必须睡着呢?"
"梦的内容与做梦者之间有很深的关联。春菜做的梦只有春菜能看见。可是睡着的时候不能说话,所以她借助了一只鸟来传递信息?"
"没错。"
"那么,春菜就是信号的发出者?"
"可是,春菜要是有想说的话,一般都会直接说给我听。"

"是呀。假如春菜是信息源头，那么她只需要直接说出来就完事了。这么一来，也许她在梦中所见到的事物才是真正的信号源，春菜仅仅是一个媒介。在超心理学中，这被称作灵媒或者通灵。那么鸟又是什么功能？"

"我想鸟也是一种媒介。"

"也许那只鸟只是类似无线电的一个终端吧。我们整理一下到现在为止的内容吧：春菜在做梦的时候获得了某种信息，为了传递这种信息，她利用了一只鸟……那么，春菜传递的信息到底使用了哪种语言呢？是日语还是英语？或者说是一张图像？"

"不知道……应该不会太复杂，只能是日语吧？"

"这是很重要的一点。"

柏田用手指戳了戳理绘在笔记本上用"·"和"—"排成的行列。

"她或许是用摩斯电码来表达吧？"

"为什么？为什么必须局限在两种频率的信号之间呢？"

"我想是因为用鸟的嘴来传递信息，除此之外就没有更好的表达方式了。"

"你听我说。这种通信方式是可以置换成二进制的：把'·'换成'0'，把'—'换成'1'，就能全部改换成由两种数字组成的数列。假如信息是改编自日语，也就代表春菜可以即时把日语翻译成二进制编码。这可能吗？"

理绘摇摇头。

"我都做不到,更别说是春菜了。"

"也就是说,我们应该认为信号源是直接用二进制来传递信息的。为什么必须是二进制呢?"

"是因为简短而精确吗?"

"因为除了二进制之外没有其他通信手段。是必然地、不得不采用这种方法。这么一来,信号源应该处于何处?"

"话说回来,信号源究竟是什么东西?我可以认为它是某种灵体吗?"

"灵体也好,神也好,都可以。恐怕与我们处于不同的世界吧。"

"是计算机吗?"

理绘的口气听上去并不很自信。

"为什么?"

"因为计算机的语言就是用0和1的二进制来表达的。"

"没错,你说得对。信号源可能所处的位置之一,就是计算机内的数码空间。不过还有另一个可能性。你知道DNA所记载的基因碱基对吗?"

"略微知道一点……"

"遗传信息是通过A(腺嘌呤)、T(胸腺嘧啶)、C(胞嘧啶)、G(鸟嘌呤)这四种碱基或者说字符来记录的。三组碱基编为一组,称作'密码子',一个密码子代表一种氨基酸。A与T、C与G是相匹配的,你可以认为是同一组。假如把'A=T'看作0,'C=G'看作1,就能置换成两种数字来进行表述。换言之,遗传信息是可以用二进制来记述的。因此,作为信号源的灵体所身处的位置可能在计算机之中,也有可能在生命之源——DNA之中……就是这二者之一吧。"

理绘本打算吃便当,可她的手从刚才开始就没动过。信号的可能来源不是计算机就是生命之源DNA吗?局限在这两种可能性上,只能让人觉得更不合情理。这二者原本就处于两个相反的领域,一方面是无机的人工机器,另一方面是有机的生命……光是把它们相提并论就很勉强。

理绘记下笔记的时候,有着更为朴素的想象。

"其实,我两年前记下这份笔记的时候,心里面出现的形象是狐狗狸①。"

"狐狗狸……"

柏田歪着头把这个词重复念了好几遍,却怎么都无法应对。既然自己无法追溯到这个词的来源,就没办法进行推测了。他与这个世界交情尚浅,时而会听到一些陌生的词汇,这大部分是因为柏田并没有与这个世界的人们共同经历过孩

---

① 狐狗狸日本的一种召唤狐灵的仪式。在桌上放置写有"是、否、鸟居、男、女、五十音图"的纸,在纸上放置硬币,参加者全员将食指放在硬币上,念出"狐狗狸先生,狐狗狸先生,请现身吧!"让硬币移动来进行占卜,类似于笔仙或碟仙。

提时代。

"老师,您不知道狐狗狸吗?"

理绘似乎很吃惊,眼中显出讶异之色。

事后调查一下就行了,柏田对自己说,暂时先蒙混过关吧:"狐狗狸吗……你这么说也有可能嘛……总之,从各种方面去靠近真相是最重要的。那么,你明白自己接下来该怎么办了吗?"

"该怎么办……"

"你必须解读出这段信息。"

理绘惊得眨了眨眼,轻声嘀咕道:"我做不到。"

"所以你希望我能代替你解读出来,才把笔记本交给我吗?"

"因为我总也解读不来。"

"一开始就放弃,这可不像你的作风。你学习英语文学之后,成为了英语教师,因为个人意愿而辞职,变为专攻医学,于是不得不认真学习数学了。这对于你来说不就是最好的时机吗?解读这段信息,可以让你对数学建立兴趣,成为你喜欢数学的第一步呀!数学原本就是关于代换的学问,解读密码之类也属于同一领域。"

"可我在来这个预备校之前根本就没认真学过数学。上了您的课之后才算是有点开窍了。要是让我只盯着公式看,我就想吐。"

"方程式其实就是一种代换。比如说爱因斯坦最著名的公式$E=mc^2$，可以将能量代换成质量乘以光速的平方。把二进制形式的数字行列置换成其他语言也属于数学的领域哦。你试试看吧！春菜在对你诉说着什么，那么，领会她的话不就是你的职责吗？"

　　理绘露出快哭出来的表情，点点头。

　　"我会试试看的。不过……"

　　"当然，我也会给你一些提示。首先你要做的是发现其中的规律，你要观察数列之中是否有反复出现的部分。用语言来解释的话，就是相同的词汇。要是有相同的词汇反复出现，就已经突破了偶然的范畴，于是这串数列就再也不是一只鸟心血来潮之举，而是有实际意义的信息。"

　　"我明白了。我会试试看的。"

　　"总而言之，你要不断地试错，从而归纳出解读这段信息的方法论，数学的精髓就隐藏在这个过程之中。"

　　"能和老师聊天真是太好了。"

　　"一星期后的同一时间，我们再在这里碰头吧。希望你能拿出成果给我。"

　　柏田打算根据她解读信息的实际进度，再稍稍给出一些合适的提示。要是一开始就给她太多提示，就会阻碍她思考方法论的整个过程，她的数学能力自然也不会有长进。

　　"老师，我好像有点明白为什么是蛇了。"

"一定是因为你的头脑中映射出了蛇形象。"

柏田大致能够想象出理绘心中的图象。此刻浮现在她脑海中的是一条细长的丝带画着S形委蛇前行的景象。丝带的每个部分都紧密相连,像天空中翱翔的飞龙一般,随风飘摇。

0110101101001111010……这种用二进制记载的信息,其形态就好比一维空间的一条丝带。要问生命究竟是什么,除了"是信息"之外恐怕没有合适的答案,而信息的媒介则是光。理绘脑海中出现的那条蛇,大概是在向着光前进……

一条向着曙光腾空飞舞的蛇。面前的白墙上映出了这样的影像。

7

从私铁①车站到公寓,是柏田每天的必经之路。今天尤其能感觉到一股掺杂着淡水的海潮气味,越往前走,越感觉大海就要扑面而来。

刚在这里住下的时候,根本没有意识到大海就在不远处。公寓生活安定下来后,有一次去往车站的反方向散步,穿过铁路之后,看到前面就是东京湾,当时还大吃了一惊。就在前方的野鸟保护林东侧,有一条水路与江户川的河口连接,或许就是因为那条水路,让海潮的气味有了微妙的变化。

结束预备学校的课程,在返回公寓的路途中,太阳逐渐沉没,四处的云朵都染上了一层红边。与云隙相比,天空中云层的覆盖面积要大得多。

斑状云朵覆盖在暗沉的苍穹之上,正如柏田脑海中的状

---

① 日本的私有铁路,又称民铁,是由私人企业经营的铁路运输系统。

态。他的思考能力并非变迟钝了，大脑上的褶皱反而正像海绵一样吸收着崭新的知识，大脑中负责数理、逻辑的部位相当清晰。可每当涉及到有关前世的记忆时，他大脑的状态就俨然是这片天空的样子。

前世的记忆变成了斑状，散落在脑海的各个角落。因为不知道记忆的总量是多少，便无法判断得以保留的部分与已经丧失的部分究竟哪边更多。阳光从云层中透出的景象刺激着柏田，蓦地给他带来了唤醒深层记忆的线索。

透过飘浮在半空的云隙而射出的光芒，与太阳光截然不同，可能已然是初升的月光。

人行道和车行道之间的公交车站上，细长的立方体标牌顶端安装着一块圆形塑料板，上面写着"巴士"两个字，而标牌的本体上则环绕着时刻表。

柏田从上而下地扫视时刻表，只见以"6"开头、以"10"结尾的一排数字位于时刻表右侧，而且以一连串数字"01"排成的纵列吸引住了他的视线。

似乎是从早晨六点到晚上十点，每个小时的01分时，都会有巴士在这儿停靠。

柏田忽然想：

……我偏偏被这一列的"01"吸引了注意力，这会不会是什么启示呢？

上天时常通过光这个媒介给柏田带来提醒，而且数字居多。

　　柏田走近公交站台，用左手手指轻触这几列数字。

　　此时，一辆巴士悄然从背后开来，停在站台旁，打开了门。柏田的视线也自然地移动到了公交车门。

　　他与紧握方向盘的司机在一瞬间双目交汇。司机用眼神问："你上车吗？"柏田轻轻摇头，告诉他自己不上车。司机就转过脸，关闭车门，踩下油门。

　　柏田再度将视线转回时刻表，只见刚才为了触摸数字而抬起的左手仍没放下。手腕上佩戴着的手表指针正指着7点01分。巴士准时到站。

　　柏田当即掉转身，沿着来时的路返回。

　　今天中午，柏田从理绘那儿借来记有讯息的笔记本，并复印下来。复印件现在就躺在他的双肩包里。

　　……我曾经有过一次类似的经历。

　　这不是第一次。过去也曾有过一次处理与二进制有关的密文，况且当时的那条信息也是来自于另一个世界。

　　那次类似的经历，在脑海中逐渐变得具体起来。密码、用二进制传递的数字……共通点就是这两个。并且，这件事还不属于现在这个世界，而是发生在前世的故事。

　　柏田往车站方向折返了一个街区，从停车场转弯，向住宅区走去。

　　小学校旁的市立图书馆会一直开到晚上八点。只剩一个小时左右了吗？柏田加快了脚步。

柏田开始重温理绘今天中午所说的事情。

……假如说那是一段用二进制记载的信息，那么解读起来说不定会很简单。

……更重要的是，要搞明白这是谁发给谁的信息。

柏田在听理绘讲述那段不可思议的经历时，一直只认为那是上天以春菜为媒介传递给理绘的一段信息，因而早早地把自己排除在外。可是，既然自己曾有过类似的体验，传递信息的对象也有可能是柏田。或许理绘也只是一道媒介，她的职责或许就如同信鸽，仅仅把信息传递到柏田手中而已。

假如信息的传递对象是柏田，那么就不该满不在乎地让理绘去"试试看"，而是必须尽快解读出这段信息的内容才对。

柏田脚步匆匆，前往数个街区外的图书馆。他刚来到这个世界的前四年里，就是在这个地方治愈了自己日渐深刻的孤独。

孤独的根源，是由于他周遭没有一个人曾和他经历过共同的历史。柏田通过阅读世界上那些伟大人物所遗留的文献，来努力地分享人类的集体记忆。接触那些在人类历史上拥有强大影响力之人的著作，不光能体验他们的意识洪流，还能够深入他们的思考过程，从而抓住人类考虑问题时的癖好，吸收其中的窍门。在掌握人类共通的表象能力的基础上观察自然，接着扩大所阅读书籍的题材范围。学习世界史之后，还对小说有所涉猎。柏田只要有空就会去图书馆看书。

　　那是一座陈旧的小图书馆。距离公寓也不远，之前他几乎每天都会前往，这几天却疏忽了。

　　柏田踏上图书馆前的石阶，推开玻璃门，进入二楼的阅览室。灯光明晃晃的，空调吹得正带劲。桌子旁坐着看似应考生的四个年轻人，排成一列。对面有个老人趴着睡着了。

　　柏田在老人隔壁桌的位置坐下，从包中取出了复印件和笔记本，铺展开。

　　先要做什么是很清楚的。将"·"和"—"的标志替换成"0"和"1"的二进制字串，抄写在笔记本的空白处。

　　"……100000110110101101000100101000010011001111101101010111100000110110101101000100101000010011001111101101010111100000110110101101000100101000010011001111101101010111……"

　　接下来该做的也如自己交代给理绘的指示一样。

　　……寻找相同的字串。

　　这串数列到底是完全无规律的乱数还是受某种规律的支配？首先要看透这一点。

　　柏田以几秒钟内重复十次以上的速度，让视线在数列间来回扫动。他一边继续观察，一边从包中取出铅笔，在具有某些特征的部位做上标记。

　　他发觉4个"1"之后排着5个"0"的情况出现了两处。

这应该算得上显著的特征吧。再从前后延长的数列来进行推测，规律就若隐若现了。从第一个"111100000"到第二个"111100000"为止，是54个数字一组在进行重复。

问题就在于这54个数字的起点到底在哪里。并非54处皆有可能。当数字有某种意义的时候(除了电话号码等)，最初一位不可能会是"0"。因此，起点一定是个"1"。于是，有可能的位置减少为27处。要把27组数列一一进行分析是可以的，但是那又太耗费时间了。

柏田像是在劝说自己似的，摇了摇头。

……不应该采取这种方法。

发送讯息的这个人，为了能让解读者迅速准确地进行理解，一定留有某种单纯的设计。不可能留下太多的选项，让人一条一条地去分析，大费周章。

"0"和"1"的排列总显得像是无机质，能闻到一股机械的味道，很有数据感。然而，理绘亲手记载的"·"和"—"却更有人情味，有一种模拟信号的质感。

柏田再一次把视线转回到理绘记载的符号列上。看似摩斯电码的记号，根本无视笔记本上的格线，略带弯曲地上下起伏，仿佛包含有一种舞蹈似的跃动感。理绘书写时的感情起伏就蕴藏在她的笔迹之中。

看着看着，柏田仿佛能够感受到理绘所体验的亢奋。刚开始还维持着冷静，笔迹也显得整齐平坦，但是渐渐积蓄起情绪来，记载过程中有了强弱的变化，就好像音乐中的抑扬顿挫，字串形成了平滑的曲线，柏田能够清楚地辨认出来。

那是舒缓的二拍子节奏。

重复的字串并非只有一段，而是两段几乎相同长度的字串在交替着反复出现。

将54个字的数列分成两段，就是27和27，又或者是26和28。

柏田将"0"和"1"的数列与复印纸上的记号列进行比对，确定应该在偶数的位置分割，接着他开始寻找能让26个字符与28个字符自然区分开来的切入口，这需要既让二者满足都从"1"开始的条件，又要和理绘感受到的节奏刚好一致。到底在哪呢？

柏田反复观察了数列许久，找出了分割两组数字的位置。

"1000001101101011010000010010"

"10000100110011111011010101011"

在配合节奏的前提下，前后稍有一个数字偏差，开头就会变成"0"，那便不符合条件了。除此之外，很难想象有别的分割方式。

再一次从头到尾整理一遍思考的流程，确认没有理论上的破绽之后，柏田将二进制的两组数字转换成了十进制。

"3450706"

"139262807"

问题就在于如何解读这两个数字了。最初的数字要是读作三千四百四十五万七百零六的话，就代表一个巨大的数字，并不是时间或者电话号码。数字的意义随着解读方式的不同也会有所变化。

这一点暂且放置一旁。柏田开始思索下一个问题。

……为什么要给出两个数字呢？

数字是两个，到底有没有意义？除了"有"之外恐怕不存在其他答案。肯定是有某种意义的。不是一个数字，也不是三个数字，偏偏就是两个数字。

作为一个数学家，从两个数字能够轻易地联想到"坐标轴"，也就是X轴和Y轴。在二维平面上指定横轴跟纵轴的值，就能确定一个位置。假如要指定长宽高，那就成了三维空间，需要三个数字。

于是乎，这两个数字指代的是不是二维平面上的某一点呢？这个推测在柏田心中渐渐成形。

……那么就假定这两个数字代表的是二维平面上X轴和Y轴的值好了。

紧接着，柏田就推导出了以下结论——这个坐标轴必须是全世界通用的，并且已经事先存在了。

他灵光一闪，将两个数字从最后一位向前，每两位分隔开来。

"34，45，07，06"

"139，26，28，07"

盯着数字瞧了一会，总算能够感觉这回应该没错了。

柏田把数字记在复印件的一角上，紧抓着资料离开阅览室，从楼梯上飞奔而下。

一楼杂志区旁边的书架上摆放着详细的世界地图。柏田还没跑完那段楼梯，就根据第一个数字的前四位和第二个数字的前五位估算出了大体的位置。这地点毫无疑问是在日本。

在书架前徘徊了片刻，柏田将日本大地图册架在膝盖上翻开，这种重量已经不是双手能够支撑得住的了。

为了确保万无一失，柏田决定从大比例尺到小比例尺，依次检索。日本全图的北纬34度45分和东经139度26分所代表的位置，柏田心里有数。他翻动书页，将地图锁定为关东圈范围。

一瞬间，柏田有点怀疑自己的眼睛。两条线的交错点，似乎指向相模湾[①]一带的海域。不过，代入更精确的数值之后，位置就从大海转向陆地了。北纬34度45分07秒的线条与东经139度26分28秒的线条交点处，就在伊豆大岛[②]最东角的一个小点上。那是大海与陆地交接处的一个点。

[①] 相模湾，伊豆半岛与房总半岛之间的海域。
[②] 位于东京都中心以南约120公里的太平洋上，为伊豆诸岛中最大的岛，位于伊豆半岛东侧，相模湾南侧。

地图上没写那儿到底有什么，可柏田的脑海中已经浮现出相模湾一带巨浪冲刷着崖壁的景象了。

接下来，柏田找到了记载有伊豆大岛详情的观光用地图册，与标记了北纬东经的地图册叠放在一块，进行比较。于是那个小点的名称确定了。

附近一带是一片被称作"行者滨"的海岸，数字指代的那个小点有个特定的名称："行者窟"。

地图册上还附带了介绍"行者窟"来历的文字。

"行者窟是一个因受海水侵蚀而形成的深度约二十米的洞窟。传闻在飞鸟时代，因受流放之刑，从奈良来到伊豆大岛的役行者小角[①]曾经在此闭关修行。洞窟中还安放有传闻是役小角雕刻的石像。"

数字引导出了某个特定的地点，与此同时又指出了某个特定人物，柏田不禁感慨万千。

役小角这个名字，柏田很早以前就知道，并不是研读日本史时得知的，而是阅读《环界》时获得的知识。

前文提到过，柏田是通过研读世界史和日本史来获取人类的集体记忆的，同时又是通过《环界》来寻找他的个人记忆的。他身为高山龙司时期的记忆已经完全丧失，为了找回

---

① 全名贺茂役者小角，是飞鸟时代与奈良时代之间的咒术家，通称役行者，是日本最初的"仙人"。

这段记忆,他只能使用记载有高山行动过程的《环界》,别无他法。

柏田还清楚地记得《环界》中有关役小角的描述,他几乎能完整背出来,就连在哪一页都能指出来。

在伊豆大岛诞生的罕见的超能力者山村志津子,她是如何获得超能力的?在解释这个谜团的过程中,役小角的石像起到了至关重要的作用。

太平洋战争结束后,受占领军佛教政策的影响,作为日本古代神祇发源之一的役小角石像被沉入了海底。然而,对其信仰极深的山村志津子躲在岩石后面,牢牢地记住了巡逻艇抛弃石像时所在的位置。之后,她潜入海底将石像捞起,供奉回原来的位置。

山村志津子能获得那种不可思议的能力,就是缘于她的所作所为。《环界》中是如此描述的。从那以后,她的能力进一步扩张,传给了她的女儿贞子。

日本最古老的超能力者——役小角,是一切故事的发端。有传言说他还能够驱使蛇类。

通过计算机语言的二进制计算所指出的位置,竟然是供奉着役行者的行者窟,真是风马牛不相及。一边是科学的结晶,仿佛大数据集成的空间;另一边是由神界到人间,某种始于远古的晦暗世界。

但是,正因为这样,柏田的兴趣愈发强烈了。

……一定得去一次行者窟。

既然这是上天传递给我的讯息,连位置都明确地指出来了,说什么也得走一遭。

第二章　行者窟

1

　　初夏是日本海域最安稳的季节，柏田曾在一本地理书上读到过。

　　站在轮船的甲板上向南眺望，他切身感受到了这一点。自昨夜从竹芝栈桥出港以来，航程就稳稳当当的。前方的海面倒映着朝阳，见不到一点波纹，算得上是完美的风平浪静。

　　伊豆大岛就在眼前了。之前广播通知过，轮船即将驶入的港口不是元町就是冈田，从海面状况来看，多半是从元町入港。

　　岛屿的轮廓渐渐扩大，凝神遥望，可以在平缓的山丘斜面上依稀看见元町中多彩的建筑物。

　　这回的目的地——行者窟，与朝西的元町刚好相反，而是位于东海岸。

　　如今的船只个头很大，哪怕是逆着黑潮而上航行，乘客也感觉不到逆流。在役小角被流放到此地的七世纪末，如果没有潮水相助，从伊豆半岛航船到大岛，是极其困难的。

役小角是名垂史册的最古老的咒术师，也是修验道的开山始祖。资料记载，他于634年出生于奈良葛城山系下的吉祥草寺附近。

关于役小角的生平经历，柏田搜集了一些尽可能准确的资料。

比如说，在《续日本记》中，对役小角有如下的记载：

> 起初，小角居葛城山，以咒术闻名。其弟子外从五位下、韩国连广足等人嫉妒小角之咒力，便谗言道：役小角妖言惑众。后役小角获流放之刑。世间称小角擅驱使鬼神，命鬼神汲水采薪，如有不从，便施咒缚。

而在九世纪前叶集成的故事集《日本灵异记》①中则有如下的记载：

> 役优婆塞（役小角）深居葛城山洞窟潜心修行，习孔雀明王之咒法，得不可思议之威力，可驱使鬼神。某日，役优婆塞命鬼神在金峰山与葛城山之间架起桥梁以便通行。而葛城山之神一言主则谗言称优婆塞妄图讨

---

① 日本最早的民间故事集，奈良药师寺僧人景戒著，全称《日本国现报善恶灵异记》。

伐天皇。优婆塞神通广大,无法追捕。朝廷便逮捕优婆塞之母,优婆塞前来自首。将其流放至伊豆岛。优婆塞白天遵天皇之命,从不离岛;夜间则飞往富士山巅继续修行。两年后,大宝元年,优婆塞终获赦免,便化作仙人,腾空而去。

大约在十七世纪中叶所作的《役行者绘卷》中,对役小角来到大岛后的经历写得更详细:

> 行者获流放伊豆大岛之刑。
>
> 领旨,愿为流放之身,何况行者本可自在飞行,毫无伤悲之神色。昼间居于发配之岛,夜间则腾云驾雾,前往富士名山悠然游览。守岛之人见之,大惊失色,匆忙禀奏圣上。
>
> 因而,公卿反复评议,决议"须诛杀行者",派遣官兵前往。官兵来到彼处,凡企图抓捕加害行者之人,皆遭遇奇特光景。持剑斩去,剑断为数截;拉弓欲射,弓折毁殆尽。且挥剑持弓之武士,多有目盲心乱,喉头见血,倒地晕厥。
>
> 此乃因行者之加持,蒙受明王之责罚,所见皆为怪异。帝都诸多劝谏,圣帝亦甚为忧虑,惊恐万分,旋即恩赐御赦,将行者召还帝都。

室町时代流传至今的役小角传记《役行者本纪》中描述了他在以大峰①、葛城为首的遍布日本全境的灵山进行修行的景象，而因缘之地伊豆也包含在内。

对古人来说，高山就是天神降临之处。而其中尤其神圣的地方，往往供奉有一块巨大的岩石以象征天神。从葛城山往南看去，大峰山系的险峻山峰如同一条长蛇弯弯曲曲，直到熊野②，其间有不少山峰露出岩顶。

役小角幼时便展现出非凡的才华，之后皈依佛教，在葛城山励精修行。他化身大山的居民，自在地驱驰于原生林之间，采集草药，熟知金属与矿石沉睡之处。他是名副其实的"对自然了如指掌"之人。

役小角拥有强大的咒术，既掌握金属矿石之所在，又对自然机理知无不尽。当时的掌权者无论如何都想将他纳入麾下。可山神一言主告密称其图谋造反，朝廷害怕他的能力，便给他打上了"反体制"的烙印，欲图将他抓捕。

大山是他大展拳脚的地方，朝廷派了追兵也会被尽数制服，根本拿他没办法。

因此官吏们采用了更卑鄙的手段——抓了役小角的母亲

---

① 日本奈良县南部的山系。
② 日本和歌山县南部与三重县南部一带的地区。

作为人质,以母亲的性命威胁他下山。最终役小角被捕获,流放到伊豆大岛。

对于能够自由飞空的小角来说,流放孤岛根本不痛不痒。他白天居住在伊豆大岛海岸边的洞窟中,晚上就飞往富士山,毫无反省的态度。那么,就把他杀了吧。这一回朝廷派去了武士,但在役小角强大的能力面前,刀剑和弓全都没有作用,他们只能狼狈逃窜。朝廷从心里害怕他的神通广大,深知不是他的对手,便赦免了役小角的罪状,将他召回京都。

从各种资料中抽出年代数据,可以制作出一个简单的年表:小角于634年出生,699年被流放至伊豆大岛,701年回到京都。对于背叛小角、向朝廷告密的一言主神,小角施以咒法将其咒缚,并化作一条黑蛇,将一言主坠入葛城山的谷底。完成了复仇之后,他对阴谋权术笼罩下的日本心生厌倦,用巨大的钵托起母亲,而自己坐上了名叫"草座"的绒毯,腾空而起,一同向大陆飞去。只听说他化为仙人登天而去,却没有任何有关他死亡的记载。生年是明确的,而卒年不详。

不管查阅哪份资料,有关小角的生平事迹都基本如此。这么一来,他简直就是个超人,或者说,是历史记载中最古老的超能力者。

在学习日本古代史的过程中,柏田时常会沉浸在一种不可思议的感觉中。

直到六七世纪的时候，日本才有了用文字记载的历史，而在那之前是一片茫然，让人不禁联想到暗沉沉的海底有不同于人类的异形之物在横行霸道。那是一个幻想中的神明们都各显神通的奇妙世界，与现实是剥离的。五世纪与六七世纪之间不过两百年左右，从前那个架空的世界就缓缓地变化成了与现代几乎无异的形象了。让幻想转化为现实的东西说不定就是文字呢。柏田如此推测。

从这个思路来看，役小角也许是幻想世界的最后一个幸存者。居住在现实中的人们会对古老幻想世界中出现的小角产生本能的恐惧。

这个原理与柏田的生平体验有相似之处，所以他才对小角抱有挥之不去的兴趣。

……同类，同病相怜……所以才如此吸引我吗？

汽笛鸣叫起来，轮船很快就要从元町入港了。

柏田回到二等船舱，叠好毛毯，整理好行李，准备下船。

2

走下舷梯,来到码头,只见一名身穿橘红色防风外衣的男子站在原地,手里拿着一张写有"××汽车租赁"字样的塑料牌。

……应该会有一个身穿橙色防风外衣的人,手举一张写着"××汽车租赁"的牌子,跟他打个招呼吧!

跟我打电话预约时对方所描述的场景一模一样,就在我的眼前。

我向他打招呼,告知了姓名。那男子便指了指停车场的位置说:"车子已经安排妥当,请在那边办手续。"停车场那边站着一个相同装束的女人,单手搂着一堆材料。

柏田把必要的手续完成之后,就立刻开着租来的汽车出发了。时间刚过清晨六点半,太阳正徐徐升起。昨天晚上,尽管轮船引擎在背后震得厉害,但他整整六个小时都在打盹,所以现在毫无困意,神清气爽。

在海岛的公路上单人行路,还是小汽车最合适不过了。

穿越泉津的小村子,驶过两棵松树之后,晴朗的天空仿佛突然笼罩了一层阴影。原来道路两旁密密麻麻地种满了山茶树,所以这儿又被称作"山茶隧道"。进入这片区域,就连朝阳都被遮挡掉不少。

现在正是初夏,没有开花。要是在二三月间来这里,树冠上就会缀满红色的花朵。柏田翻阅大岛观光手册的时候,见到过一张山茶花盛开的照片。

花朵的色彩格外浓郁,看着看着,不禁让人觉得连那树干中流淌的树液恐怕都是红的。植物中流淌的本应该是接近透明的树液,可那刺眼的红色化作影像,仿佛就要渗出来一样。

皮肤上明明一点红色的部分都没有,可柏田的体内流淌着鲜红的血液。进入这个世界以来,柏田还从来没有亲眼确认过自己身体中流淌着怎样的血。那是因为他从未受过伤,从未遭遇过流血的场面。唯有在连续几天睡眠不足的深夜,从镜子观察自己的脸,瞳孔中心那好似蜘蛛网一般的毛细血管,才证明红色的血液真的存在。

要是毛细血管里的血渗出来,我会流出红色的眼泪吗?

柏田会有这种想法,是因为他最近读过的一本书里刚好有一章讲到"马利亚石像的眼睛里流出了血泪"。像这种不可思议的故事,世界各地都有记载。到了现代,我们知道那些都是骗人的,却仍旧津津乐道。不论是日本,还是欧洲,在古代的神话里,从八头巨蛇到漂浮在空中的巨石,科学无法解释的景象层出不穷。

山茶隧道很短,朝阳的光芒很快就回来了,柏田的妄想也被一扫而光。太阳一升高,气温也跟着上升,听说过了中午会超过三十度。

左手边的大海消失了,靠山一侧的公路开始绕弯的地方出现了一张"山茶园"的招牌,还有泊车标志。柏田向右打方向盘,把租来的车驶进停车场。

下车后,柏田把地图在引擎盖上铺展开。从山茶园的停车场出发,穿过动物园和海边的村庄就是海岸游步道,一直延伸到行者滨,最南端就是行者窟了。光从地图上看,完全无法推测出那儿到底是怎样的地方。柏田准备了防水外套、T恤衫、短裤,还有可以光脚穿的潜水短靴。

时间还早,附近不见人影。走了不到十分钟的工夫,透过左手边的灌木丛就能看见大海,越过一条小桥,风景豁然开朗,海滩映入眼帘。海滩的一面被圆形的石块覆盖。石块受海波的冲刷,黝黑中泛出光泽。这儿就是行者滨了。

海滩的南端是悬崖绝壁,一直突起延伸至海面之上。海滩的中腹可以看出一条筋络,这条筋络是大海侵蚀崖壁形成的细长小道,沿着那条筋络走,应该就能到达行者窟。

从陆地这一侧是看不见行者窟的。要想将行者窟整体都纳入视野,除非是在海中的某一点进行观察。

柏田来到海滩,踩着石块前进,登上悬崖旁的石阶,沿着小道向前走，绕至悬崖的另一侧。

柏田靠右手撑在崖壁上，小心翼翼地前进。这感觉就好像是在海面上行走。要是一个不稳，脚底踩空，很容易坠入海中。

早在五十年前，有一个女人划着小船来到这片海域，独自一人潜入海底。她就是山村贞子的母亲，志津子。

太阳已经升至当空，击打着岩石的浪头翻出银白的光辉。而志津子潜入海底的那个夜晚，照耀着海面的只有一片月光。

对于柏田来说，能让身为高山龙司存活于这个世界的记忆再度复苏的唯一线索，只剩下《环界》了。他最早得到的就是这本书，已经不知翻阅过多少遍，内容几乎都能背出来了。

《环界》中写道：占领军将役行者的石像投入海中，而志津子又将它从暗沉的海底捞起，关于这个场面，差不多采用了如下的描写方式：

某个夏末，炎热的满月之夜，志津子来到儿时玩伴——渔夫源次家中，请求他开船载她到海上。对于源次来说，志津子是他的初恋。满月之夜，两人一起泛舟海上，自然求之不得。当源次询问此行的目的时，志津子回答说：当天中午看到美国海军的巡逻艇把行者大人的石像投入了海中，所以想要把石像捞起来。

占领军根据当时有关神教佛教的政策,将行者窟中所供奉的石像扔进了大海。平时有着深厚信仰的志津子一直躲在岩石背后,亲眼目睹了投掷的现场情况,将位置牢牢地记在了脑海中。即便是朗月之夜,就能这么容易地潜入大海把石像捞起来吗?源次有点半信半疑。可他又无法抵抗与心仪之人独处的诱惑,便在行者滨点上两处篝火,用钓鱼船载着志津子,前往附近海域。

满月照耀下的大海,即便在夜间也有着良好的视野。立在船头注视着海面的志津子指出了她记住的位置,命令源次把船停下。

源次掌舵,将船停靠到固定的位置后,志津子脱下身上的和服,将绳索衔在口中,裸身潜入昏沉沉的海底。

她不知有多少次从海面探出头来,换气之后又接着潜入深水。最后,志津子从船尾登上来,按着上下激烈起伏的胸口。她的嘴里已经没有绳索了。

"我已经给行者大人绑紧绳索了,快,拉上来吧。"

源次听从志津子的要求,将绳索的另一端系在船头,开始拉扯延伸至海底的绳索。

跟钓上一条大鱼一样,那是一种沉重而结实的手感。

一看到行者的脸冲破海面跃出来,志津子当即把它抱起来,捞进了船舱。毫无疑问,那的确是役行者的石像。到底她为什么能从昏暗的海底把它找回来?就连源次也感到不可思议。

"是行者大人在海底呼唤我。能够操纵鬼神的行者大人,他绿色的眼睛闪闪发亮……"

对于源次的疑问,志津子如此回答。

就这样,石像又回到了行者窟深处的原位。

后来,志津子的身体就产生了各种异变。皮肤的一部分可以发光,汗水也开始散发出柑橘的芳香。于此同时,从未经历的情景突如其来地浮现在脑海中,不久之后,那些情景都变成了现实。她似乎拥有了预知的能力。

用老话来说,志津子是神仙上身了。

翌年,志津子来到东京,怀上了伊熊平八郎的孩子,年底时回到故乡,产下了贞子。而贞子也拥有着不可思议的能力,并远远凌驾于母亲之上。

将役行者的石像从海中捞起这件事,成了一切的开端。

柏田读过不少有关日本建国的神话故事,里面有很多有关死亡与重生的场面,令他非常惊讶。不光是日本,希腊神话也是一样。这些故事又与柏田自身的命运交叠在一起,他对于这些故事从来都充满兴致。

古代神话中,灵,又或者是魂,在回到人类身体之前,一般都会临时地附着在其他的物质上,来作一个中转。其中大多数中转物都是石头。也许在古代,石头是唯一的信息记载装置吧?柏田如此推测。

……志津子身上出现特殊能力的第二年产下了贞子,她会不会是谁的转世投胎呢?

柏田内心其实不愿意相信贞子是某个人的转世。

神话中,有好几个故事都讲到侍奉神的巫女产下了神之子,那种情况下,生下来的小孩大多是男孩,况且父亲的身份大多不明。役行者也是一样,他的母亲叫白专女,可是他的父亲是谁不得而知。

根据《修验修要秘诀集》的记载,白专女是某天梦见一根独钴杵钻进了自己口中,才怀上了役小角。也就是说,役小角没有父亲,这是圣神受孕。

既然要赋予他神之子的地位,那么为了强调神性,男女生生交合的场面就是一种避讳。圣母马利亚是感受到圣灵才怀上了耶稣,摩耶夫人梦见一头白象进入她的右肋,从而怀上了释迦摩尼,这两个传说也是同出一辙的。

贞子父亲的身份却是明确的,就是T大学精神科助教授伊熊平八郎。

这个事实让贞子的神秘性淡化了不少。

在柏田的头脑中倏的浮现出某个场景。《环界》中提到的视频影像片段里,曾经包含了这么一个镜头,贞子怀抱着一个出生不久的婴儿。怀抱婴儿的是年幼的贞子,而被抱在手中的似乎不是个男孩子。

贞子出生几年后,志津子又生了一个孩子。并且,是个男孩。对于贞子来说，那是一个弟弟。

然而，根据《环界》的记载，那个孩子在出生四个月的时候就死了。

柏田的疑问开始向某个方向收敛。

……那个孩子的父亲究竟是谁？

当时，平八郎应该患上了结核病，正在疗养院治疗才对。

……莫非，志津子也是通过圣神受孕才生产出这个男孩的吗？

这么一来，那个孩子才称得上是谁的转世投胎……

正当柏田沉浸在妄想之中的时候，右手边的崖壁上出现了一个深深的洞口。

他向下走动了几米，所见之处是一片晦暗的空间，前方拉起了暗示禁止入内的稻草绳。

没错，这儿就是行者窟了。

3

中央广场上有一个用圆形石块摆放出来的、直径大约两三米的护摩坛，对面的祠堂前放置了一个香钱箱。这儿湿气浓重，不论是祠堂的屋檐还是支柱，全都严重腐朽，仿佛随时会崩塌。

柏田站在洞窟的入口观察了一下整体情状，开始思考。

由于春菜和理绘这两名年轻女性传递给我的讯息引导，我来到了行者窟。既然是受上天的召唤来到这里，那么这里对于我来说一定有着某种特殊的意义。如此大费周章，不可能只是让我来欣赏一下风景名胜吧？

……千万不要把洞窟内隐藏的记号看漏了。

柏田停下了脚步，目的就是为了向自己告诫：千万不要放松注意力。

柏田往下走，来到祠堂的位置，细心环顾四周。

洞窟宽约七八米，深约三十米，高度大概五米左右。

附近一带的地质情况虽没有详细的资料佐证，但可以推测出，这片悬崖是由数百万年前地质活动时的火山岩所形成，长期受到东面的海浪侵蚀，从而形成了洞窟。一滴水落在柏田的脖子上，他抬头一看，这水滴来自于洞窟那凹凸不平的顶面。水顺着头顶的岩石流淌，接连不断地滴落，所以地面湿漉漉的。

从祠堂的旁边穿过去，有一段石阶，石阶四周的岩石已经被绿色的苔藓覆盖。岩石的缝隙中还冒出了小草。眼睛适应了洞窟中的光线之后，就可以清楚地发现，洞窟的最深处已经被一片浓重的绿色占满了。

柏田迈上石阶，站在祭坛前。

洞窟的深处，在上下左右各个方向都最狭窄的一片黑暗中，放置着传说是役小角亲手雕刻的石像。石像前供着一盏酒盅，里面注满了神酒，仿佛刚刚才有人来斟过酒。日本酒的香气扑鼻而来。一旁供奉的花束也十分显眼，新鲜娇艳。

石像比柏田所预想的大多了。这是一尊高度接近一米的坐像，披着僧衣，脸显得异样地大，有三十厘米左右长。全身都悬挂着水滴，微微反射着从外面照射进来的光芒，仿佛给石像整体笼上了一层薄纱。

石像双膝的位置很高，甚至有些不自然，那是因为石像穿着高齿木屐。左手持经卷，而右手中握持的锡杖只剩下手柄部分，手柄的上下部分都已经折断不见，欠缺的部分恐怕只能靠想象力来弥补了。

柏田从稻草绳的下方钻进去，从极近的距离与坐像对视。

……你到底是什么人？

发自内心的质问自然得不到回答。

根据图书馆里的资料，柏田已经确认过日本各地现存的行者像照片。大岛行者窟的这个石像，表情看上去更为稳重，可细细端详，又觉得石头表面体现出来的是一种接近愤怒的感情。

……你到底为了什么在生气呢？

当然，也得不到回答。就连传说在海底闪闪发光的那双绿色的眼眸也没有显现。

柏田想知道令自己纠结不已的感觉到底缘自何处。

他无力地坐下，作出和役小角相同的姿势，在坐像前面垂下脑袋。

为了辨明空气的色泽，侧耳倾听，倾心嗅探，让皮肤更为敏感。

柏田开始冷静地内省。

来到这个世界的几年时间里，总有一些思绪让他无法释然，不断沉淀。经历的时间越久，他就越是不明白，自己为什么要存在于这里？

用这个世界的话来说，他来自前世，或者说是来自黄泉之国，即便能够理解表面的含义，也不知道这种跨越生死边界的过程到底有何意义。站在湾岸的超高层公寓上见到的未来风格夜景、站在人迹罕至的大地上见到的荒凉风景，二者在柏田的脑内交互闪现，都如同梦幻一般不可捉摸。他可以确切地感受到双亲的存在。似乎也曾有过挚爱的女人。伴随着对他人的爱，柏田觉得自己被赋予了某种重大的使命。但记忆过于模糊，怎么都回想不起。并非有某个契机就能让他全部回忆起来，而是记忆本身存在着缺失。

当初，刚知道有《环界》这本书的时候，他就立刻着手分析，很快证实自己就是书中主人公高山龙司的遗传因子的继承人。

阅读《环界》之后，唯一明确的是——不论哪个世界，都大同小异，在不断的周而复始中重复着同样的空虚。高山龙司研究过医学和哲学，对数学特别擅长，还收了一个大学院的年轻女孩做徒弟。他的前世二见馨也一样，是个医学生，同样擅长数学。现在，柏田是预备学校的数学讲师，靠这个技能糊口。

似乎很难说人类已经获得了完全的自由，因为行为模式的变化并没有那么丰富。人从一出生开始，自由就被钳制了，这种情况到底缘何而起……

沉下心来审视自己的内心，反倒被卷进了满是疑问的漩涡，柏田不禁烦躁起来。区区一个石像怎么可能回答出这种问题呢？他自己再明白不过了，自己求神拜佛的样子实在愚钝至极。柏田苦笑着正要站起来，突然脚底一阵发麻，站立不稳，只得伸出双手用力地按在石像的肩膀上。

石像一边的肩膀因为柏田的体重，稍稍向一旁倾斜了。

观察的角度因为光线的不同而产生了变化，面部覆盖的那层薄纱忽地消失了。此时，柏田注意到从正面观察很容易看漏的一个特征：覆盖着整个额头的僧衣正中央，有一个微小的突起。

额头中央有一个小角，这才是役小角这个名字的由来。

在《役行者御一代记》中提到过役小角在母亲白专女(白桃女)胎中孕育以及日后生出小角来的情形，描述如下：

> 家中有独女，名唤白桃女，对父母尽孝，又天生美艳。时值人皇三十五代，明舒天皇五年癸巳三月，白桃女造访御门茅原之里，其后，时常身体欠佳，双亲皆谓此事蹊跷，询问之。白桃女答：某夜梦中，独钴杵一枚，从天而降飞入口中，待到清醒，只觉此梦怪异。时日流转，腹中常鸣，月经迟滞，十月未至。越明年，六年甲午正月元日，忽而临盆，安产一男子，额上有小角，形与世人迥异，故幼名称小角。额上之角，或为恶鬼之角，此大误也。神农之画像亦见额角。古书云：人身牛首。不足为怪也。

白桃女这个孝顺的美丽姑娘，在某个晚上梦见一根独钴杵钻进她的嘴里，十个月后安产生下一个男孩，而男孩的额头上长着小角，于是就起名为小角。因为中国传说中，德高望重的神农帝头顶上也长有角，是所谓的人身牛首，所以即便额头上长了角，也不该认为他是个怪物。整体的描述似乎有着某种辩解的意味。

柏田伸手去摸了摸藏在僧衣后面的角。不知这是特地制作的还是岩石上偶然有这么一个突起呢？很难断定。柏田一边用右手指尖探寻者，一边用左手触摸自己的额头。

柏田的额头上没有角。这是照过好几次镜子确认过的。不过，刚好在相同的位置，有一颗褐色的痣。那颗痣不显眼，如果不是凑得够近，根本找不到这颗小痣。

这颗痣从样子来看，也可以认为是角折断后的痕迹。假如说角中蕴含了许许多多的记忆，被折断并舍弃，那么柏田对过去感觉一片茫然也就有理可循了。

右手指尖与左手指尖的连接，让石像的角与额头的痣连接了起来。与此同时，洞窟入口处射进来的朝阳映出浓厚的阴影，重叠在石像上。

……汝即是吾，吾即是汝。

《奥义书》①哲学的一句箴言在柏田的头脑中闪现。

---

① 印度最经典的古老哲学著作，用散文或韵文阐发印度教最古老的吠陀文献的思辨著作。

那仿佛是身体之中经脉贯通的感觉。随着视角的猛烈移动，柏田的灵魂进入了石像中，石像睁开了绿色的眼睛。

柏田现在正处于石像的视角，客观地观察着自己的身体。

这种现象称作幽体脱离。

太阳与洞窟的入口连成一条直线，日光非常强烈，自己的样子化为了全黑的轮廓。背后照射进来的朝阳形成了逆光。

全身的细胞仿佛都融化成了碎片，接着再次组合起来。积蓄了数万年的岁月，活人和死人的遗传信息混杂成一片，跨越时间，连接成了一条绳索。追溯过去的遗传信息，可以一路到达一名生活在绳文时代的女性，进一步追溯，还可以回到四十亿年前大海中诞生的第一个单细胞生物。回到生命的起点之后，又演变出了另一条道路，通向从混沌中发出的那道光芒。历经四十亿年的时间，柏田切身体验到意识的进化过程，他终于理解了自己身为一个智人的使命。

……将宇宙的原理用语言清晰地记录下来。

就好像要证明这是天命一般，忽然地盘鸣响，头顶上坠落下无数的碎石。

伴随着碎石的冲击，原本换位的灵魂如同宝剑收入鞘中。柏田的视角刚刚回到自己的身体上，就开始打量这些岩石层面。原以为是地震，可并非如此，是脚下的磐石在震动。头顶隆隆作响的声音让人毛骨悚然，是"一股力量"在移动。磐石正上方的一股能量正推动着脚底的巨岩。

听上去仿佛三原山就要火山爆发了,但实际并非如此。

面朝石像的柏田回头瞧了瞧洞窟的出口。本能告诉他,还是立刻跑到洞窟外面为好。

他双手伸至水平,一边维持着平衡,一边护住脑袋,跟跟跄跄地往外移动。本想用跑的,可脚底湿滑,加上强烈的震动,根本没有想象的那么轻松。

从洞窟的最深处看它的出口,仿佛一个扭曲的光环。像是隧道的出口,又像是水井口。虽说垂直方向跟水平方向的洞有所不同,但这感觉恰恰好比是从井底抬头望天所见的景象。

逼近出口,光与暗的边界渐渐朝外移动。伴随着太阳的升起,洞内阳光照射的范围不断后退。这速度比潮汐涨落更快,转眼间,洞窟深处已经被一片黑暗支配。

黑影引导着柏田前进,忽然,头顶上又发出更响的轰鸣声。洞窟出口附近,大大小小的石块如同暴雨般坠落。要是现在跑出去,一个疏忽,就可能遭遇当头一击。柏田以慎重的姿态,停下了脚步。

洞窟内那幅蠕动的景象,让柏田联想到了蛇的体内。在反复收缩过后,向外的推动力逐渐攀升,达到最高潮的那一刻,一块巨大的岩石坠落下来,几乎完全遮蔽了视野。地面发出轰隆一声闷响,这震动甚至让柏田的身体在一瞬间悬空。

从正前方照射而来的光芒顿然消失,柏田身陷一片漆黑。等到眼睛逐渐适应，可以看见阳光从方才坠落的岩石缝隙间照射进来，形成了新月般细长的形状，就像日食时的那个光环。

巨大的岩石崩塌把出口完全封锁住了。柏田逐渐地接受了现状，但很不可思议地，他并不感到恐惧。

巨石崩塌之后，震动就彻底消失了，取而代之的是一片静寂。岩石无声地裂开了。仿佛一把菜刀切开了桃子，垂直方向裂开了口子，一道深V形的龟裂出现在岩石正中央。

想要去到洞窟外面，就只能穿过这道裂缝了。这块岩石化作一个盖子，挡住了出口。岩石很平坦，且没有什么厚度，要钻过去似乎不会很困难。

……总之，先出去再说。

朝着有光的方向前进，这是人的本能行为。柏田脚踩裂缝底部，抬起上半身，双手、双肘、双膝交互移动，紧贴石壁前进。到出口的距离很短，探出头一看，浪头正打在自己脸上。崩落的岩石将混凝土的游步道压得粉碎，正下方成了一片碎石滩。

贴着岩石往旁边移动是不可能的。这里距离海面有两米左右高，从这个距离垂直坠落，要是身体没能掉进海中，根本别想生还。以现在的姿势往下掉，结果就是头先着地。要从狭窄的裂缝内侧改变前后站姿是不可能的。只能姑且先后退，换一个姿势重新向外移动。

柏田缓缓后退，回到洞窟中，接着换了条腿先进裂缝，倒着挪动。他的视野中是护摩坛与祠堂，更深处是役行者像……它们都沉默地注视着柏田。到达出口，柏田伸出双腿，悬空地寻找落脚处，接着下腰，用双手支撑上半身。正在此时，柏田看见裂缝前方不远处的黑暗中浮现出一张女人的脸。

女人的脸有着清晰可见的轮廓，再往后的上半身则消弥在黑暗中。

柏田保持姿势不动，睁大双眼。

……这就是幽灵吗？

还是第一次体验到。洞窟内没有其他人，这个状况是很明确的。不该有人的地方出现人影，这种现象就是所谓的幽灵。

那女人面相白净，用慈爱的眼神望着柏田。她的表情中没有怨念和仇恨之类的情绪，并不让人觉得恐怖。何止如此，带着古典美的脸庞甚至让人感到似曾相识。和这个女人在哪里见过吗？柏田将记忆的通道与过去相连，却什么都想不起来。柏田这才记起自己的记忆功能有所欠缺，再回想也只是徒劳。

毫无疑问，这个女人跟自己是有关系的，却弄不清她的真实身份，实在是令人懊恼。

女人的容貌出现了变化。她渐渐变得更加年轻，最后，少女的模样隐隐地飘动，仿佛被岩石吸进去一般，消失不见了。

剩下的，只有让人心痒痒的甘甜气味。

真希望她能再出现一次，可面前晦暗潮湿的空气完全没有即将变成一张脸的迹象。

不上不下地保持这个姿势也已经到了极限，柏田双手双脚已经麻痹无力。正当他缓慢寻找落脚点的时候，岩石忽然碎裂，指尖抓了个空。柏田意识到坠落已经无法避免，他以双手大力推开裂缝边缘，用脚蹬岩壁，让身体蜷曲起来。

至少要避免让自己坠落到正下方的岩石滩上。柏田像猫一样抱作一团，臀部先冲入海中，打了个滚之后，脑袋才再次破水而出。

柏田踩着水在原地逗留了一会儿，一抬头就能看到刚从里面钻出来的那道纵向裂缝。

海水比想象的还要温热，漂浮在海中，柏田心头涌出一股被庞然大物拥抱住的安心感。

从进入行者窟到逃脱出来，柏田在脑海中将自己的行动从头到尾回放了一遍。现在，他思考到这种感受的深层因素之时，才对自己所经历的"启蒙"有了明确的理解。

……重生的仪式。

胎儿从母亲的体内出生的时候，既没有意识，也没有记忆。仅仅是在逼仄的黑暗中，被胎动催促，被强迫推出去而已。

然而，柏田却在拥有清晰思考能力的状态下亲身体验了生产的过程。这是绝无仅有的体验,一定包含着某些特殊的意义。

从西面冲向大岛的黑潮斜着打来,海面上卷起了舒缓的漩涡,身体随着起伏的浪潮上上下下,仿佛是新生儿第一次沐浴般。

柏田含了一口海水,充分感受到那股咸腥味之后,又朝空中喷吐出去。呈雾状散开的海水迎着朝阳,像一颗颗宝石般闪耀起来。柏田像海獭一样让身体上浮,蜷着背部,让四肢自由地舒展。他可以在海水中自在地移动身体。每个动作都能感受到水的阻力,都让他有了一种活着的真实感。

不知重复了多少次之后,柏田才心满意足,手脚齐用地抓住一块岩石,朝着行者滨的方向移动身体,匍匐在石面上返回了陆地。

4

一边俯视波浮港,一边沿着大岛的环形路前进,从十字路口右转后开始,道路标识和电线杆上便稀稀落落地开始出现"差木地"这个地名。

左手边出现的港口应该就是差木地渔港了吧?柏田把车在合适的地方停下,下车后穿过马路,往山那边走。

走了不到五十米,已经能看见这回要入住的民宿了。大片地基上造起了一栋相当大的两层楼木屋,木制外门上挂着"山村庄"的大块招牌。穿过外门后的宽阔空间是停车场。

柏田看了看手表。刚过下午两点。现在就去登记可能太早。正当他在踌躇的时候,背后传来了人声:

"有什么需要吗……"

回头一看,背后站着一个老人。应该是从一旁的家庭菜园过来的吧。看来他刚停下手头的活计,左手还握着一根胡萝卜。

根据《环界》的记载,志津子有个表兄弟,名叫

"敬"。老人目测有七十多岁,在年龄上恰巧相符。

面对这位很可能是山村敬的老人,柏田问道:

"我今晚想要留宿,请问还有空房吗?"

老人露出满面笑容:"原来是要住下来呀。"他小声嘀咕着,穿过大门,把头探进玄关,向着屋子里喊道:

"喂!有客人来了。"

老人回头面对柏田,双手抱胸。

"您是来钓鱼吗?"

这个季节,一个男人旅行到此,目的大多是钓鱼。总不能说自己是来探究行者窟之谜的吧?柏田暧昧地笑着说:

"我想把车停到那边去。我能先把车开进来吗?"

他尝试转换话题。

"请进请进。这儿原本就是停车用的。请自便。"

从他的口气听来,今晚的住宿落实下来了。柏田停完车再次返回到山村庄。

老人领着柏田来到玄关。

"您要是需要,我随时都能开动钓鱼船。今天或许能见到很特别的景象呢。"

大概是因为既开民宿又打渔,老人热情地建议客人去钓鱼。

"不,我不是来钓鱼的。"

"哦,那么是来攀登三原山吗……"

"是呀。我打算明天就出发爬山呢。"

柏田随口附和了一句。此时走廊深处来了一名中年女性，快活地打了声招呼："欢迎光临。"

"这是我女儿昌子。旅馆的大事小事全部都交给她来打理，有什么问题找她就行。"

昌子打开一本登记簿，让柏田把姓名住址等基本信息写下来。

柏田坐在地板框①上开始书写，背后的老人已经开始用亢奋的口气对女儿唠叨起来：

"今天我在港口见到源老头了，他说行者窟那边出大事了。源老头今天中午开船去行者滨一带打渔，他总觉得今天有点儿不对劲，就让船靠近海滩，发现悬崖上掉下一块大石头，把行者窟的入口整个儿堵住了。现在整个渔港都炸开锅了。还有人特地开船去瞧一瞧。他们说是一块大黑石头。源老头说他把船开回海面再仔细远望，只见行者大人越长越大，从洞窟里跑了出来，到了入口附近，就那么坐着不动了。简直就是胡扯。不过，还好刚办完行者祭呀。要是在祭典搞到一半的时候掉块大石头下来，那可真要傻眼了。"

昌子一边听一边说着"讨厌""好可怕""该不会是什么不好的预兆吧"这样的话，口气显得完全事不关己。

---

① 指日式建筑玄关处与内室地板之间的一块横木，是换鞋子的场所。

自己仅仅几个小时之前才体验过的事件，已经传遍整座岛了。

听着背后你一言我一语的对话，柏田总觉得有点对不起他们。上天为了引导自己，把岛民们最重视的古迹给毁了，从海滩通往行者窟的道路也不复存在。要从不易落脚的碎石滩把岩石全部清除再重建游步道，这工程显然困难至极。

直到写完登记簿，柏田仍旧垂头丧气。

看到登记簿填写完毕，昌子说着"请往这边走"，将柏田带到二楼。

走上两侧都有扶手的楼梯，平台上摆放着等身高的镜子。柏田不知为何在镜子前停下了，巨石裂缝深处出现的那张女人的脸又在他的脑海中再次浮现。

映在镜中的只有他自己的身影，满脸的胡茬已经沾染了白色的海水渍。

"我想现在就洗个澡。"

从海里爬上来之后，虽然换了衣服，但是满身的海潮味还没洗掉。看到镜中的自己，就忍不住想洗个澡了。

"我明白了，这就给您准备。水烧开了我就叫您，请先在房间好好休息吧。"

昌子打开了楼梯正面往上那扇门，把柏田领到房间后就去楼下准备洗澡水了。

这个八叠大小的房间相当煞风景，没有檐廊，也没有厕所和洗手池。因为朝向西面，房间里热得像蒸笼。柏田赶紧启动窗户上方的空调，接着打开窗户。

从窗口下的庭院开始逐渐抬升视线，映入眼帘的是渔港，再远一些就是大海了。

山村贞子就是在这栋屋子里一直居住到毕业的。不知道哪一间才是她的房间，但她一定是看着眼前这风景度过她的幼年时代的。

在前世的前世中，高山龙司因为贞子奇异的超能力而死去。在前世中，继承了高山遗传因子的二见馨又为了新的使命而回到这个世界，成为了柏田。要是没有贞子，柏田就不可能在死亡与重生之间来回反复，经历坎坷的命运。志津子也是一样。这全是受到了与个人意志毫无关系的力量的驱使。

追根溯源，一切都归根于役小角，而一切的发端都在行者窟。

因为一连串的事件，行者窟的出入口被一块巨大的岩石封堵了。这样的事态到底该如何解读……

柏田尚未理解自身存在的理由，上天就给予了他启示，既然如此，是否还蕴含着更多社会性的意义呢？早在古代，岩石就被认为是孕育生命之处，鉴于这一事实，柏田感受到了某种历史性的深意。

役小角诞生的始末也是众说纷纭。他的母亲白专女没有经过性行为，仅仅做了个奇妙的梦，就怀孕生下了役小角。

即便这是为了强调神性的夸张叙述,也让人不得不联想到贞子的弟弟是如何诞生的。

《环界》中写道:贞子出生数年后,她的弟弟出生,然而四个月后就死去了。弟弟的父亲身份不明,他的死因是什么也无从得知。不,在讨论这个问题之前,这个弟弟是否真的出生过,并没有得到证实。

柏田坐在榻榻米上,胳膊肘撑着窗框,一边眺望着窗户外的景色,一边疑窦丛生。他抬起脑袋的时候,才发现支撑着下巴的上臂早已大汗淋漓。

他将望向大海的视线往回收,稍稍瞥见山那一边的时候,看见了郁郁苍苍的树木中零星散布着几块墓碑。

从山村庄的大门走出去,沿着小道往山上走,来到寺庙的领地内,就能找到一片墓地。

以寺庙的极近距离来推测的话,那很有可能就是山村家族的菩提寺①。

还得等上一段时间,洗澡水才能烧开。去墓地走一遭再回来,时间绰绰有余。柏田这么想着,决定出门去。

柏田只说是去散步。他穿过山村庄的外门,在小道右转而行。

才走了二十多米,就有一座名叫"龙丹寺"的小庙,在

---

① 在日本,菩提寺指收纳祖宗牌位、吊唁先人的专门寺庙。

几堵围墙之间有一片小小的墓地。

仅仅站在入口观察,就能够发现墓碑的排列是有一定规律的。右侧是旧墓,左侧是新墓。

山村家理应算作旧家族,于是柏田从右往左数,再从里向外数,找到了一块刻着"山村家之墓"的墓碑。

吸引柏田注意力的是墓碑一侧写的墓志。

刻在上面的法名有不少,墓碑的侧面几乎被文字挤满了。

柏田在里面发现了志津子的名字。志津子曾经跳进三原山的火山口自杀——原来没有遗体也能被安葬?没怎么费劲就找到了她的名字。

在她的名字旁写着贞子的名字。根据《环界》的记载,从井底捞起来的遗骨由一名叫浅川的男子送回给了山村敬。不论是法名还是卒年,都与事实没有什么矛盾。毫无疑问,这块墓碑下面埋着贞子的遗骨。

根据死亡顺序排列,应该是贞子的弟弟、志津子、贞子这样的顺序。在志津子自杀前,贞子的弟弟已经死了。志津子自杀的主要原因很可能是失去了儿子。

然而,在志津子去世前的那几年里,并没有类似的男孩姓名出现。往前数了十一年,才找到了一个女人的名字。她大概是山村敬与志津子的祖母。

柏田抬起头仔细确认有没有看漏了什么,又一次仔细地确认了一遍墓志。

关于贞子弟弟这个人的记载,仍旧毫无发现。

假如墓碑上记载的是真相,那么由此可以推导出两个结论。

贞子的弟弟从一开始就不存在……或者,他出生四个月后就死去这一件事其实是假的……二者必居其一。

先不管他有没有出生过,仅从没有死亡记载这一点来看,那么,他现在也有可能存活在某处。

突然间,柏田的耳畔响起了蝉鸣声。

他吃惊地回头看,只见灌木干上附着一只蝉。

现在离蝉鸣的季节还早。

蝉会保持幼虫状态,在地底度过漫长的岁月,经历好几次蜕皮才终于钻出地面。这只蝉正全身心投入地振动着腹腔,昭示它的存在——是因为迫不及待想要呼唤雌虫吗?

听着听着,蝉鸣声也开始有了某种特殊的含义。

……贞子的弟弟还活着。

仿佛就是要传达这个事实一般,蝉竭尽全力地嘶吼着。

5

　正向柏田的杯中倒啤酒的山村敬停止了手上的动作，接着，手指微微颤抖起来。

　不知是因为愤怒还是因为有神经疾病，仅从他颤抖的样子无从判断。

　在墓地周边散步完毕回到山村庄，泡了个舒服的澡之后，柏田要了瓶啤酒。没想到举着酒杯与酒瓶的托盘上到二楼的不是昌子，而是山村敬。

　"一起来一杯？"

　柏田劝酒。山村敬则低下头站起身，对着楼下喊道：

　"喂——再给我拿个杯子上来！"

　山村敬相当能说会道，两三杯下肚之后已经聊得十分热络。可是当柏田趁机抛出志津子与贞子这对母子的话题时，山村敬的态度突然变了。

　"真没看出来你也是那种人。"

　山村敬将啤酒瓶摆回托盘中，擦了擦额头上的汗。

柏田不明就里，保持着举杯动作眨眨眼。

"没什么了。这两年已经很少有那种客人来住宿了，算是清静多了。电话预约的时候，还真分辨不出来。可是只要到了来的那天，站在玄关口往外一瞧，立刻就明白了。唉，这群人来住宿的目的就是贞子，大多是年轻的情侣或者四五人的小团体。纯粹因为一时兴起，决定到山村庄参观，到了半夜还搞什么试胆大会，吵闹得不可开交。毕竟是客人，又不能随便拒绝他们，简直伤透脑筋。但是你看上去完全不是那种人。"

柏田很容易联想到那情景。《环界》的单行本加上文库本总共不过卖了几万本，原本还说要拍成电影，可这消息也在不知不觉间没影了，根本没有引发多少话题，就这样被人忘却了。即便如此，仍然有一批核心爱好者，玩心很重地去到贞子成长的家庭去参观，想来每天晚上都热闹非凡吧。

"我可不是一时兴起才来的。"

柏田老实地低下头。上午他刚刚为了接受天启而来到行者窟，体验了重生的过程。距离行者窟相当近的山村庄也是与自己的出身有密切关系的地方。柏田是真切地想要查清自己为什么身处这个世界，这里很有可能给他带来某些答案。他绝非漫不经心之举。

"那就太好了。"

山村敬将信将疑地再次举起酒瓶，给柏田的杯中倒满啤酒。

"话说回来,山村先生您读过那本书吗?"

"粗略地翻了一遍。"

"您是怎么想的呢?"

"我可以坚决地认定全书都是胡说八道,但事情并没有那么简单。哪些是事实,哪些是虚构,连我也搞不清楚。有些地方很明显存在时间的差错,我只能不置可否。"

还有许许多多的事情连山村敬也不知道。其实,潜入"南箱根太平洋乐园"别墅比勒圆木小屋B-4号楼底下的水井中把贞子的遗骨捡上来的就是我啊,干脆告诉他算了。柏田心中哭笑不得,如今所有人都认定高山龙司早就已经死了,他一定会以为眼前的这个男人是幽灵。

现在这种状况下,让对方的思路更混乱可不是好主意,需要的是准确的信息,因此,还是博得他的同情感为好。

"您还记得把贞子的遗骨送回来的那个姓浅川的男人吗?"

听到这个问题,山村敬点点头:

"当然了。那是几年前的秋天……他千里迢迢把遗骨给我送来,我记得很清楚。"

"浅川是我的朋友。"

这不是说谎。对于高山龙司来说,浅川是无可代替的朋友。

"是嘛。"

山村敬的嗓音少许有了些变化。柏田看出山村敬对浅川的印象还不错，就再次强调了与他的关系：

"不止是朋友，他可以说是我唯一的挚友。所以我才对这一连串事件十分关注。"

"原来是这样。"

"刚才您说，对于《环界》中所写内容的真实性表示怀疑。而现在对于我来说，一切疑问都集中在一个点上。"

虽然疑问其实非常多，但是交给山村敬解决的问题应该总结成一个。

"是什么？"

"就是贞子的弟弟。"

山村敬似乎有内心一旦受到震撼身体就会停止动作的习惯，他正要把酒杯往嘴巴送，却停在了自己面前：

"贞子的弟弟……也就是志津子的长男。我记得书里确实写到过，可我却根本不明白你的意思……"

"书里说，他出生四个月后就死了。《环界》里到处都插入了对出生不久后的婴儿的描写段落，并且写得异常生动。"

录像带里的婴儿场景，简直深入脑髓地难忘。

实际上，看过录像带画面的人，大多都会留有以下的印象：

画面播放到占据全屏的婴儿面孔时，他发出的第一声啼哭不像是从扬声器出来的，更像是在撩动观者的下颚处，令人感觉好像自己正抱着这个婴儿。为了增强这种感受,画面两边还隐约可见抱着婴儿的双手。左手在婴儿的脑袋后面,右手环绕着婴儿的背部。小心翼翼地抱着孩子时,观看者也感到双手上湿漉漉的,让人联想着羊水或者血液的同时,切实感受到双手中有肉体的重量。光从婴儿的脸还看不出那是男孩还是女孩,当孩子竭尽全力啼哭的时候,那震动传到胯下,这才发觉有个小弟弟在摇晃……

婴儿的性别无疑是男孩。并且,看了那段视频的人都会产生一种自己亲手抱着男孩的错觉。

山村敬到底有没有留意到这段内容呢?

只见他用抹布擦了擦脖子上的汗,先喝了一口啤酒:

"原来如此。书里面原来真的有写过一个男孩出生、然后不久就死了的事啊。可是,我怎么都想不通。因为这是将近四十年前的事了,我的记忆也很模糊了……当时我总待在远洋渔船上,在陆地上落脚的时间反倒不长。志津子她也真是的,过着在大岛和东京之间来回跑的生活,简直像无根之草。说到底,贞子这个孩子,原本就不知道她的父亲是谁。在这种小山村里,流言蜚语的,志津子也被人视作眼中钉,出个门都不容易。这个岛上已经没有志津子的安身之处了。假如说她还生过一个男孩,那么父亲一定也是个来历不明的货色吧……我说句实话,志津子就算瞒着别人生了个孩子,也不会有人去过问的。"

山村敬的语气听起来,他不想与这件事再有更多瓜葛。志津子连婚都没结就接连怀孕,生下不知父亲是谁的孩子带回故乡,尤其是这种封闭的小乡村,对于山村家族来说,她一定走到哪里都惹人嫌。

"要是志津子真的生过一个男孩子,那应该在户籍上有所记载啊。"

"可他早就死了吧?一定是被销除户籍了。"

"能找到记录吗?"

"连那孩子的名字都不知道,你还想找他的除籍副本?"

"没错。"

"为什么?"

"我想了解事实的真相。"柏田无意识中用左手按着额头,"因为志津子生的这个男孩有可能还活着。"

"你为什么会这么想?"

"刚才我散步到龙丹寺拜见了山村家的墓地。但是,墓志上面没有类似于志津子长男这个人的记载。也就是说,那块墓碑下并没有男孩的遗骨。"

"嗯——"

山村敬深深地叹了口气。志津子生下的男孩竟然被人忽视到了这种地步,连墓碑上都没记上名字,竟然也没人有所怀疑。

"我想彻底查清楚。您也一样吧?要是志津子的孩子如今还活着，您不想见见他吗？"

"不见为好，事到如今了……"

山村敬唾弃地说道。

"可你们是流着相同血液的亲人啊。"

"我并不是想就此忘了这件事。只不过，那也太久远了，早就无所谓了。"

如果是血亲的兄弟姐妹倒还好，只是表姐妹的孩子，关系就远了。他兴趣索然也是理所当然的。

对柏田来说，这是第一大要紧的事，可对方的步调跟自己不一致，话题也就无法继续下去。

柏田愁眉苦脸地吞下一口啤酒。啤酒已经不冰，味道也不怎么样。

两个人之间的沉默让啤酒的味道变糟了。

忍不住先开口的还是山村敬：

"你那么感兴趣，就去问源老头好了。"

"源老头……您是说源次先生吗？"

他是志津子的发小，曾经帮助志津子把行者像从海里捞上来。应该就是那个叫源次的渔夫。

"没错。他们两个从小关系就好。志津子去东京时要是没惹上这些事，源老头跟她多半是能成一对的。他也是志津子自杀时的第一目击者，连志津子的遗书也是留给源老头的。"

"第一目击者……可是书上说志津子是跳进了三原山的

火山口呀？"

"没错，志津子的确是跳进了滚烫的熔岩里，身形俱灭了。说他是第一目击者，倒不是说发现了遗体。他只是把志津子留在火山口附近的遗物带回来了。"

"墓志上倒是写有志津子的名字。骨灰罐里装了什么？"

"是空的。里面啥都没有。要是她戴过眼镜，倒是能装进去。"

恐怕墓碑下面连骨灰罐都没埋吧，仅仅是在墓志上刻了一个名字，其他跟志津子相关的东西完全不存在。是空的。

山村敬说志津子跳进了滚烫的熔岩中而死。准确地说，那应该是岩浆，而不是熔岩。熔岩是指岩浆从火山口喷出之后沿着地面流淌时的那种状态。喷发之前蕴积在火山口的应该是岩浆。地下岩石融解后形成的岩浆会维持一千度左右的高温。人要是跳进岩浆，身体在一瞬间就会化掉，不成人形，什么都不会留下。

三原山在距今十年前左右有过一次喷发。熔岩冲破火山口流出，将内轮山上的茶室烧毁。几天后，从西北山腰的裂缝中开始喷发。熔岩逼近了数百米外直达元町的位置，于是全岛决定进行避难，大约一万岛民不得不坐船避险，持续了将近一个月。

当时，曾经是志津子肉体一部分的细胞一定也伴随着熔岩喷上半空，随着熔岩洒遍了整座山。志津子心中的怨念和悲伤，化作黑衣包裹下的火红流体，差一点就逼近到了居民众多的元町。

柏田忽而想起今天上午在行者窟崩塌的岩石缝隙中钻出来时回头看见的那张女人的脸。在火成岩的洞窟里浮现出的人脸，会不会是志津子的脸呢？

可是，从她的表情中根本解读不出怨念或是憎恨，反而是一副充满慈爱的沉稳表情。

又或者说，那份沉稳也仅仅是面具，是为了将活祭品吸引到身边来的某种陷阱吗？

柏田曾经被想要再次回到洞窟内的诱惑驱使，向那个女人伸出了手。要是他被唤回到了足够近的距离，那女人就会用双手紧紧擒住猎物，然后显露出面具下的真面目。面具之下出现的是一张结着黑色疮痂、里面溃烂到通红的脸……

柏田向啤酒瓶伸出手，用手指擦了擦水滴，对瓶身轻弹一下。指尖一碰触，就发出了清脆的玻璃声。那声音好似风铃，可仍然不足以将脑海中的炽热冷却。

"我记得三原山以前是个很有名的自杀名胜啊。"

"那还是我刚进高等小学时的事了。从东京接连来了两个女大学生，都跳进了火山口，从那以后，自杀的人就好像纷至沓来。最后，光那一年里，跳进三原山的人数就达到了一百二十九个。不过那也成了往事。如今，这自杀名胜的地位让给富士树海了。"

山村敬说着，无力地笑了笑。

"我打算和源次先生见一面，向他讨教一下。"

与柏田改变话题的几乎同一时间，山村敬从窗户口探出身子，望了一眼渔港。

"你看，从这儿也能瞧见。你爬上渔港的斜坡，左手边那家就是。"

正当此时，山村敬手指的方向出现了一位老人家，正往坡道上走。

"说曹操，曹操就到。那家伙就是源老头了。开船打渔仍旧是一把好手，人就有些老糊涂了，我想你也打听不出什么来……"

名叫源次的老头在坡道中间停下脚步，伸了伸懒腰，转身面对渔港方向，好像是在确认自己的船有没有在桩子上系好。

从之前山村敬与昌子的对话听来，源次今天中午开船去了行者窟一带海域，并且发现有大块的岩石崩塌。

他是岩石崩塌的第一目击者，同时也是志津子跳入火山口自杀的第一目击者。

柏田感觉到一股必须立刻和他谈一谈的冲动，一下子站了起来。

6

大概是因为刚驶入隧道，电波信号变差的缘故，车载收音机中正播放着的管弦乐曲忽然中断了。

柏田原本想用音乐勾起那些藏匿在记忆深处的景象，可随着音乐的戛然而止，一切消失无踪。他猛踩油门，一口气冲出隧道，把车开进了商店的停车场。

离开隧道，信号仍旧没有改善，看来已经找不回刚才播放的电台音乐了。

……是幻听吗？

在某处刚听过的旋律在车内响起，让人觉得恍若梦幻。

柏田试图转换一下心情，便下了车，来到可以俯视山地斜面的小丘旁。

从斜面的反方向望去，其间半圆形的隧道口上侧刻着"鹰之巢隧道"这几个字。

柏田为了弄明白刚才进入隧道时消失的音乐到底出自何处，便将今天和昨天所发生的事情从后往前回忆了一遍。

一小时前，他在热海站租了一辆车，完全没有调节过车载收音机的频道，只是让事先设定好的电台节目播放出来而已。从大岛到热海的高速游船上，他只是站在甲板上远眺目的地，任凭波涛声轰响。今天早晨，他在山村庄吃早餐的时候，电视里正在播放电视连续剧中的一个场景，背景音乐相当轻快。

昨天晚上，他在无声中就寝，一夜无梦。晚餐吃的是以鲜鱼为主的料理，之后还泡了第二次澡。

柏田继续在脑内重现晚餐前的情景，寻找音乐的出处。

……对了，那是在源次家听到的音乐啊。

晚餐前，在山村敬的陪伴下，柏田造访了源次家。屋中果然是一派渔夫风格。

过于宽敞的玄关，显露出过去经营过民宿的痕迹。墙壁各处都悬挂着上了年头的一卷卷缆绳，其中一卷看上去就像是一条缠绕在骷髅上的蛇，可转眼间又飘来了一股超现实的臭味。相比渔港的腥臭味，这味道有些不同，像是风干的鱼鳞味。比起大海，更让人联想起被原生林覆盖的深山。或许这是因为缆绳一头的绳结好像被一脚踩烂的蝮蛇头。

"给这个人讲讲过去的事儿吧。"山村敬以服务旅客的礼仪把柏田带到源次家，说了两三句客套话，接着拜托他，"把你知道的有关志津子的事情给他讲讲吧。他好像很感兴趣。"

尽管已经是初夏，源次却仍旧穿着类似江户时代消防员装

束的长袖羽织。他一边在脖子上缠上毛巾,一边穿过土间①:

"先请坐吧。"

他指了指地板框。如同知道柏田即将来访,那里已经铺上了厚厚的坐垫。

"接下来拜托你了。"

山村敬轻轻摆手,返回山村庄。源次目送他离开后,把土间一角摆放的椅子拖过来,正对着柏田坐下,连个招呼都没打,就在柏田面孔前连打了两个嚏。

见对方睁大瞳孔死命盯着自己瞧,柏田尴尬不已,忍不住正了正上半身。

"你是从东京来的?"

"是的,从东京来。"

"我以前在哪儿见过你没?"

"没有,这是初次见面。"

"啊,是吗?"

源次好像不怎么相信。他眉心紧锁,歪着头,正在拼命回想。如同在黑暗的洞窟中用手电筒照着寻找线索一般,源次摇头晃脑了一会儿,最终发出放弃的叹气声。

"能告诉我你的名字吗?"

---

① 日本传统民居中,房间被分割成高于地面铺设的地板和与地面等高的"土间"。

"我叫柏田诚二。"

"柏田诚二……多大了？"

被问到年龄时最难办了，因为连自己都搞不清自己的年龄，所以实在是无可奈何。柏田的户籍年龄与实际年龄是不同的。

"三十六岁。"

这种场合没必要说准确的数字，于是柏田报了一个平时常用的大致数字。

"三十六……三十六……"

然而源次对柏田嘴中报出的数字异常在意，梦呓般地念叨了好多次。

柏田再也没法忍受这种审问似的问答了，便催促道：

"可以的话，关于志津子女士，能给我讲一些过去的事吗？"

"啊，啊啊。"

脑袋中的思绪被打断，源次发出了痛苦的呻吟。但是，他倒并没有不情愿回答柏田的问题。

"志津子啊……那么久以前的事了，基本上都快忘光了。"

虽然自称忘记了，可源次还是结结巴巴地说了起来。话语中到处都有记忆的跳跃，为了回想起来，很多次说到一半就停下，然后陷入沉思。停顿了一会儿继续说的时候，话题的方向都会有点偏离。源次的记忆也已经千疮百孔，可比起柏田来说好多了。柏田的记忆并没有偏差，应该说是有些部分完全失去了。

源次讲述的志津子故事中充满了怀旧气息，都是从记忆中选取出一个个场景，只挑那些令人愉快的事儿讲，大多是可有可无的内容。

柏田想知道的是更加鲜明、更加真切的现实。要是志津子真的生了一个男孩，那么孩子的父亲是谁？生产不久之后，志津子就跳进了三原山的火山口。她自杀的理由一般都被认为与男孩之死联系在一起。然而，墓志上没有男孩的名字，根本没有男孩已死的确证。假如他还活着，那么志津子自杀的理由就站不住脚了。那么，志津子为什么要自杀？

柏田希望能够从源次的话中找出解决这些疑问的线索。然而源次只是不停地给青年时期的回忆添油加醋，沉浸在自我感觉良好的回想世界之中。

他那些无关痛痒的回忆和嬉笑的态度让柏田莫名火大。

"志津子女士曾经生过一个男孩，能把他的名字告诉我吗？"

话说到一半被插嘴，源次仍没停下滔滔不绝，嘴里吐出的内容逐渐变少，咕哝着的嗓音也逐渐变低，最终陷入了沉思之中。

这种思考的中断是因为记忆过于模糊吗？还是说他心中其实有着不可告人的秘密呢？柏田无从判断。已经超过七十岁的人在回顾往事的时候，不论是怎样的回忆都多少会有点夸大的成分。没有什么可以保证他所说的内容全部都是真的。而作为听者的柏田，心中必须有一个辨别真伪的基准。

"拜托您了。"

不是催促他，也不是恳求他，柏田只是含蓄地表达出自己的愿望。

"志津子生的男孩吗……"

"确实生过，对吧？"

接连被追问，源次白了柏田一眼：

"没错，是生了。这一点肯定没错。"

"我想要那孩子的准确信息。"

源次"嗯嗯"嘟囔着，站起身说了句"你稍等一会儿"，就消失在屋子深处。

源次不见了，宽阔的土间里只剩下柏田一个人。很快，二楼深处传来了音乐声。是因为和源次对话时太过投入而没注意到那声音吗？还是说这间屋子里有人打开了音乐？

舒缓的旋律流淌进耳中，柏田当时并没有清楚地记住曲名与旋律，只不过在渔夫离开后的这片空间里忽而响起了与情景完全不符的声响，让人在内心里留下了些许印记。

捧着文件夹回来的源次，刚准备扶着地板框进入土间，就在那时，玄关口的电话响了，直接将音乐声掩盖。

源次将文件夹放在原地去接电话，背对柏田。

文件夹中的,很显然是有关志津子的资料。目光所到之处就能看见"遗书"这两个字。电话响起的时机如此巧,明摆着是在说:赶快偷看啊!这是上天给的好运还是陷阱呢?不管是怎样,柏田都无法抑制住自己的好奇心。

柏田一边用余光关注着源次的后背,一边从文件夹中抽出一叠老旧的纸来。最上面的是志津子留给源次的遗书,开头用平假名写着"永别了"。下面是户籍副本。源次取得这份副本已经有几十年了,纸质真是够老,上面的款项都是用手写的。最末尾写了"哲生"这个名字。关系是志津子的长男,父亲一栏则是空白的。出生年月日是昭和29年4月17日。柏田想的没错,确实没有销除户籍的记录。

……山村哲生。195*年4月17日。

柏田刚把志津子长男的名字和出生年月日记进脑袋里,源次那边就有了要挂电话的迹象。

当传来听筒放回挂钩上的声音时,柏田已经将那叠纸片放回文件夹,摆出一副若无其事的表情面对玄关。

柏田知道,再过几年,人类DNA中所蕴含的全部遗传信息(人类基因组计划)即将被解析完毕。可是,人脑内的记忆现象的原理全部被揭晓的那一天,还不知要等几十年,根本无法预测。也许花上上百年都解不开,记忆就是如此复杂的一个过程。

有点口渴,柏田一边在口袋里摸零钱,一边走向自动贩卖机。贩卖机旁有一块介绍附近一带地质特点的指南板,板上印着简单的地图,一条粗线在图上画出了蛇形排布的丹那断层位置。光看这张图就能了解,现在自己的脚下有一条断层。可是,眼前这片丹那盆地上满是田地,再怎么凝视也分辨不出从箱根山山麓向南延伸的这条断层的轨迹。地层断开的连接是在很深的地底,而草木旺盛的地表则伪装出连成一片的样子。

人脑的构造远比地球内部更复杂,能完成一些无法预料的行为。

柏田现在已经能够清楚地回忆起在源次家听到的那段音乐,可以哼出那段旋律,也能够说出曲名和作曲者来了。

那首曲子是一名波西米亚作曲家创作的著名交响乐。

记忆的碎片与碎片之间一般都能通过同一时间联系起来。头脑中响起交响诗的同时,山村哲生这个男人的形象也隐约浮现出来。因为还不知道他的样貌如何,伴随着背景音乐同时浮现的形象只不过是一个黑色的剪影。

源次手上为什么会有山村家的户籍副本?柏田忽而涌出了这个疑问。原则上,除了山村家族以外的人,是不可能申请到户籍副本的。恐怕是四十年前左右,志津子得到了副本,然后交给了源次。从这个思路来推测的话,哲生的父亲很有可能就是源次。从志津子当时所处的环境来看，并非无稽之谈。山村敬说过，志津子被亲戚们疏远，在家乡孤立无援。源次是她唯一的理解者，而对源次来说，志津子是他的初恋。男女间的关系继续发展，并不稀奇。

之所以想把男孩的父亲锁定为源次，是因为柏田并不想接受志津子是圣神受孕这种怪力乱神的说法。他想把身边发生过的现象尽量归纳在理解可及的范围内。

柏田一边喝着冰凉的碳酸饮料，一边将视线扫向三岛方向。平坦的山谷一直延伸到骏河湾，可大海离这儿还远，从这个位置还看不到。

身边的田地与道路交界处，立着一块长条的招牌。招牌的杆子部分特别长，整体就像一只脸是长方形的辘轳首。从灌木中垂下的树叶已经触到了招牌的上边缘。

招牌上用白底黑字写着："南箱根太平洋乐园"

柏田走着碎步靠近那块招牌。

"南箱根太平洋乐园"就是他接下来要去的别墅区。那招牌与周围的一片绿意显得格格不入，昭示着自己的存在。

山村贞子就是被投入别墅区内的出租别墅——比勒圆木小屋 B-4 号楼底下的井中而死的。

从大岛途径热海回东京，路上顺便再去那个地方探索一番，似乎很是顺理成章。

柏田转身回到车里，发动引擎，沿着县道而下，跟着招牌所指的方向驶进了农道。

道路很窄，两旁伸出的杂草在车身扫过，就像在舔舐。柏田觉得自己的肚子也痒痒的。

7

那是和理绘一起穿过医院大厅乘坐上行扶梯的时候。一名男医生刚好乘着下行扶梯和他们擦身而过,露出笑容打了个招呼。

那是个约摸三十多岁的帅哥,第一次见到这张脸。能看出他是医生,是因为他白衣的领子洗得特别干净。

正当柏田想回头再多看一眼那名男医生时,理绘在他耳旁轻声说:

"那是大桥医生,最近刚开始负责照看春菜的……"

听了理绘的话,柏田才恍然大悟:原来那个大桥医生刚才是对理绘在打招呼呀。

扶梯移动到二楼大厅,小卖部和餐厅都建在这里。因为刚过中午,每家店都很拥挤。住院患者和探病者估计各占一半吧。

理绘希望能在探望春菜之前先仔细对柏田说明一下春菜的病情,所以两人决定先吃午饭。

总算能面对面坐在桌子两边了。柏田意识到这是第一次在预备学校以外的地方和理绘见面。以前一起吃的午饭,只不过是坐在半地下室的楼梯上吃些点心和面包而已。一起吃顿像样的饭,还是第一次。

只不过,内心的愧疚感已经一扫而空。这儿离预备学校很远,偶遇熟人的概率非常低。

指着菜单点完意大利面套餐之后,理绘用杯中的水润润嘴唇。

"大岛之行,怎么样?"

多亏了和春菜一起努力才破解出了那段讯息,从而导出了大岛行者窟这个确切的地点。柏田在当地体验过什么,理绘自然很感兴趣。

"岩石崩塌了。"

要是被问起:"在大岛发生了什么?"这就是最简略的答案。

"岩石,崩塌了?"

"并不是什么能上新闻的事件。不过对大岛的人来说,就真的是出大事了。"

柏田先卖了个关子,接着把去往行者窟的体验尽量具体地说了一遍。

海岸游步道尽头的行者滨、垂直的断崖上钻出的隧道、在白浪冲刷下的滩涂前豁然开出口子的洞窟……

理绘听了柏田所描述的洞窟内的情景，脑海中已经构建出了鲜明的图像。深约三十米的洞窟尽头，立着一尊不到一米高的石像。要是触碰它，巨大的岩石就会崩塌，将出口堵死，日照原本就寥寥无几的昏暗洞窟一下子没了日光……

理绘闭上眼反复感受这景象，不禁联想到了《古事记》的上卷中所描述的场景。

理绘对日本的各种古典文献造诣很深，对《古事记》更有着特别深刻的思考。

"老师你读过《古事记》吗？"

面对理绘的问题，柏田只得摇摇头：

"没有。"

柏田的知识大部分来自于书本，他拥有庞大的阅读量。然而，他并没有深入了解日本的古典文学。他知道《古事记》的大致年代和概略，却从没阅读过书中的内容。

《古事记》记载了稗田阿礼口述的日本古代神话，由太安万侣编纂成书，也是日本最古老的历史书。它分为上、中、下卷，史书体裁的部分大约从中卷的一半开始，在这之前记载的都是神话，有很强烈的幻想色彩。

本书在元明天皇的任命下，于公元722年编纂，而本书的编写计划早在天武天皇时期就开始了。役小角被流放到大岛，就在天武天皇两代之后的文武天皇时期。《古事记》的成书时期与役小角的诞生时代，刚巧重合了。《古事记》中记载的最后一个天皇——舒明天皇在位时期，役小角出生，并且在文武天皇时期被流放至大岛。

《古事记》描述了自开天辟地起，包括从造山活动到潮流起落、植物繁育等自然现象在内的壮阔故事，在故事的开头登场的，就是伊邪那歧神和伊邪那美神。这是上天派来创造日本国的一对夫妻神。

在生产火之神的时候，伊邪那美神难产而死。为了让妻子复生，伊邪那歧神便去往黄泉之国（阴间）。然而伊邪那歧神让妻子复生的目的未能达成，于是又回到大地，进入日向之海，去净化死之国的污秽，正在此时，从他身体的一部分生出了天照大御神、月读命、须佐之男命这三位天神。

之后，须佐之男命因为触怒了父亲伊邪那歧神，被判流放。须佐之男命前去投靠姐姐天照大御神，可是姐姐担心这个风评很差的弟弟会谋反。

于是弟弟为了证明自己没有谋反的意图，便提出"生个孩子"来赌是男还是女。

之后书中的情节就是"天之岩户"一章了。

理绘已经几乎能全部背出《古事记》中"天之岩户"这一段了。

……于是须佐之男命对天照大御神说道："因为我的心是洁白的，我生了柔和的女子。这样看来，自然是我胜了。"这样说着，便乘胜胡闹起来，毁坏天照大神所造的田塍，填塞沟渠，并且在崭新的殿堂上拉屎。但是天照大御神并不谴责他，替他解释道："那好像是屎，是喝醉而呕吐的东西吧。毁坏田塍，填塞沟渠，大约因为地面可惜，所以那样做的吧。"须佐之男命的胡作非为但不止歇，反而变本加厉了。当天照大御神在净殿内织衣的时候，他毁坏机室的屋顶，把天之斑马倒剥了皮，从屋上抛了进来。天衣织女见了吃惊，梭冲进了阴部，死去了。于是天照大御神惊恐，关闭天之石屋的门，隐藏在里边。高天原立即黑暗，苇原中国亦悉幽闇，变成永久之夜……

须佐之男命生的是一个女神。可这根本无法证明他就没有谋反之心。反过来说，天照大御神的担心很快成为了现实。须佐之男命自诩"因为我的心是清白的，所以我才能生出女子"，接着还在田地中泼粪，无法无天，又将斑马剥了皮丢进正在织造神衣的机室中去。弟弟如此暴举，令身为姐姐的天照大御神怒不可遏，她躲进了被称作"天之岩户"的洞窟中去，并用巨大的岩石堵住了出入口。

结果，一切都被黑暗笼罩，地上的国家变得多灾多难。

因为弟弟的所作所为而使姐姐躲进洞窟并用巨石堵住出入口，还能找到不少类似的故事。理绘补充道：

"最初来到这个国度的神就是伊邪那歧神和伊邪那美神这对夫妻神。夫妻生出了国土，又接着生出了各种神明来。有趣的是，从他们的屎尿或者呕吐物中都能诞生出神来。有不少神明出生、死亡，又复活。比如说伊邪那美神就是在生产火之神的时候受了严重的烧伤而死，去了黄泉之国。而她的丈夫伊邪那歧神因为心爱的妻子先自己而去，悲愤无比，就亲自前往黄泉之国，试图让妻子重获新生。

"我读了很多遍仍旧觉得很奇怪。《古事记》里，我最喜欢的就是'黄泉之国'这章了。

"伊邪那歧神到了黄泉之国之后，妻子就从神殿中走了出来，夫妻再会。到这里，故事还算是正常的。接着，丈夫请妻子回家，伊邪那美神却说：想要回去，必须与黄泉之国的神明商量后获得许可才行。在商量的时候，请你在殿外等待，绝对不得进入神殿之内。

"类似的情境在希腊神话中也有。音乐家奥菲斯为了让被蛇咬死的妻子尤丽黛死而复生而前往冥界。于是神祇便给他加了一个条件：在到达人间之前都不能回头。

"这种情况下，不知为何，男人总是会触犯禁忌。

"在大殿之外耐心等待就好了，可伊邪那歧神总也等不来亡妻，心情焦急，无法继续忍耐，只能打破约定，进入了神殿中。而神殿中的景象可谓恐怖至极。爱妻腐烂的肉体上长着无数蛆虫，头、胸、腹、阴部、左手、右手、左腿、右腿这八个部位分别被落雷击中。

"这景象太过于骇人，伊邪那歧神心生恐惧，当即飞快地逃了出去。目睹爱妻面目全非的样子，丈夫吓得魂不守舍，我总觉得太过于不忍直视，每次读到这里，都不知道该笑还是该生气……希望丈夫能够忍耐到最后一刻，这是妻子的立场。

"可是，妻子也并不就此罢休。你竟然让我蒙羞！恶魔般的女人恼羞成怒，对丈夫穷追不舍。伊邪那歧神一边投掷着葡萄、竹笋和桃子，一边连滚带爬地四处逃窜，最后终于被逼到了阴间与人间的交界处——黄泉比良坂。就在伊邪那美神即将追上的时候，伊邪那歧神推下一块巨石，堵在路中间来阻挡妻子。

"也许从古至今，男女的关系一直都是如此吧。

"丈夫如此过分地对待自己，让妻子怒火中烧。她与丈夫隔着巨石互相对峙，说道，如果你是这种态度，那么我就每天杀掉一千个你的国民。丈夫也不甘示弱，就顶嘴说，那我就每天生一千五百个孩子出来。"

理绘引用《古事记》的篇章，给予了巨石崩塌第二层含义。一方面是为了堵住洞窟的出入口，另一方面是隔断阴阳两界的通路。而这两个故事里，一个是姐姐对弟弟动怒，一个是为了阻挡纠缠不休的妻子，在表象的背面全都蕴藏着男女之间的爱憎关系。

理绘的解说细致入微，让人很容易联想到画面来。言语间还穿插了女性独有的见解，柏田不禁流露出了微笑。

不过，将《古事记》中的情景与自己一周前的经历结合起来想,柏田的表情又渐渐严肃了起来。

一周前,从热海返回时,柏田顺便去"南箱根太平洋乐园"走了一趟。

泥土的气味在鼻孔中复苏,而面前的桌子上放着理绘的那盘意大利面,看上去好像蚯蚓。当时那晦暗的地面上,确实有几条蚯蚓在蠕动。

身处地板之下那片不可思议的空间中时,地表下的湿气重重缠绕在肌肤四周。而现在,坐在现代化综合医院的餐厅里回想那情景,记忆作祟下,也让人直冒冷汗。

就算不去摸,柏田也能清楚地感觉到一滴汗珠顺着自己的脖子淌下来。

行者窟崩塌后,第二天下午……

柏田把车开进"南箱根太平洋乐园"的停车场,顺着下坡走去。

还没走满一百米,公路护栏就到头了,平坦的谷地坡面上已经可以望见一栋栋出租别墅了。山谷最深处的溪流被半人高的杂草所遮蔽。

一眼看去,"比勒圆木小屋"早已不再是出租别墅。管理室的大门从外边上了一道牢固的锁。管理室之后的斜坡上,一栋栋别墅的窗子都被三夹板遮盖起来。粗略地扫视一番,看得出已经废弃两三年了。

柏田的目标是B-4号楼,他从杂草丛生的斜坡走下去。

由于是建造在斜坡上的木屋,所以一楼地板之下的构造从侧面观察是三角形的,而从正面看,露台下面的木板显得相当宽。

与其他楼相比较,B-4号楼的密封程度十分明显。其他楼的地板之下满是缝隙,只有B-4号楼连一丝缝隙都没有,仿佛穿着一条三夹板做的长裙。这种欲盖弥彰的做法,反倒会愈发激起闯入者的破坏冲动。看上去是入口的几个部位,全都被打上了好多层三夹板,厚得凸了起来。看得出这些地方已经重复过许多次破坏与修补。

柏田尝试从最薄弱的部分侵入进去。他从侧面的一个部位开始摸索,双手伸进缝隙,接着利用体重朝外拉。腐烂的四个角开始碎裂,三夹板发出喀啦喀啦的响声,被剥落下来。为了确保光线进入,柏田剥出一个两叠①大小的开口,钻进了地板下层,朝中央部位走去。

根本没必要用手电筒。只有中央部位的一块凸起在昏暗的空间中化作一团黑影。石块堆积而成的筒状,远远地从侧面看去,只觉得是个长方形。直到眼睛适应了环境,才分辨出那侧面还带着圆弧。石块的缝隙之间长满杂草,表面又被青苔覆盖,整个水井上都是湿漉漉的绿色。

---

① 即两张榻榻米的大小,约3.3平方米。

井口上盖着的是一层破破烂烂的地板。水井正上方的客厅一角，原本应该还摆放着电视机和一套录像播放机。

几年前，高山龙司与浅川曾协力把井口的水泥盖子推开，抬起来放在一边。现在圆圆的井口已然洞开，正对着电视机的位置。

柏田来到自己开启的洞口边缘，向里面窥探。

忍耐着喷薄而出的强烈湿气与冷气，低头望去，是一片彻底的黑暗。柏田从没见过如此浓厚的黑暗。深不见底的黑暗中散发出妖气，有点像火山喷发，又有点不同，那冰冻般的冷气在肌肤上来回拂动。

浅川曾亲自下到这片狭小的空间中，与污水战斗，把贞子的骷髅抱了上来。

后来，贞子的藏身之处被曝光，遗骨被安葬到山村庄一旁的龙丹寺。贞子的母亲志津子受火之神的引诱，纵身跳进了一千度高温的火山口，一瞬间灰飞烟灭。

姐姐和母亲的殒身之处都已经知道了。唯一剩下的就是弟弟哲生，他到底在哪里？

须佐之男命在田地中泼洒屎尿，又把马剥了皮胡乱投掷，简直暴虐到了极致，姐姐对弟弟的恶行感到愤慨，因而躲进洞窟，用岩石盖起来。

山村哲生在过去可能也做过某些过分的事。因此，社会上才认为他已经死了，没有一个人去接触他。

……这家伙，到底干了些什么？

不，对于过去的事也不能胡乱下定论。也许弟弟的暴虐行动正要开始呢！应该如此考虑才对。

假如说从井口喷出的冷气正孕育着邪恶的根源，那么现在盖上恐怕已经为时已晚。诡异的气息从三夹板的缝隙往外泄，飞散到空气中。这不是华丽的爆炸，而是灰烬之下飘散的几点火星，不紧不慢地向外释放。扩散到高空中之后，是绝不可能回到原地的。

可是，打开这个盖子的是高山龙司，盖回去的人也必须是龙司。

柏田开始意识到：当灾厄之雨降临，即将把世界引导向黑暗之时，给这场阴谋打上休止符，也许就是我的任务。

面对突然默不作声，眼神又开始闪闪发亮的柏田，理绘毫不在意，把最后一根肉酱面吸进嘴巴，用餐巾擦擦染红的嘴唇。

理绘给予柏田的启示很重大。在这个世界上，为什么总有似曾相识的事情在翻来覆去地往复呢？也许可以以此解答这个疑问。

古代所发生的事情被描述为神话，想起来非现实，但实际并不是这样。哪怕在现实中发生的事情，在被转述的过程中一样会被披上虚构的外衣，往往只会被类型化。其中有一些共通的故事成为了不易消逝的模板，作为象征被雕刻下来。而大多数情况下，起到记录板作用的一般都是岩石。

雕刻在岩石上的类型化故事，在不同的时代中，都会以不同的形式在现实中重现，因此让人感到仿佛类似的事情在不断重复的错觉。它们在根本上都是一样的，仅仅是外在形式有所变化而已。

……我受到了提醒。

柏田恍然大悟。通过理绘和春菜的组合而接收到来自上天的讯息，走出行者窟时遭遇到岩石的崩塌，这一切都象征着从古代绵延继承至今的男女故事。

一切的启发都来自于理绘，这能接受。问题在于，春菜到底扮演了怎样的角色？她与柏田素昧平生，与山村家的方方面面也毫无关系，那么她在一连串的事件中，到底该摆在哪个位置呢？

柏田今天来到医院的目的也就是围绕着这个疑问，和春菜见一面，至少先见一下真人，还要观察她所患怪病的症状……

柏田还想再确认一下今天的主要目的，只见理绘一只手用餐巾擦着嘴，另一只手已经抬到了脸那么高，正要伸出手指。她的动作就像是在给柏田背后的人打暗号一样。

柏田轻轻一回头一看，苔绿色的屏风另一边是医院的职工食堂，大概是自助餐形式，身披白大褂的男女双手托着餐盘来回走动。

从两扇屏风之间的缝隙可以看见一名白衣男性的上半身。他单手握着咖啡杯,朝理绘的方向投来微笑。原来是刚才在电梯上擦身而过的大桥医生。

8

看到理绘打招呼,自称大桥的医生在邻座坐下,并向柏田轻轻点头示意。

……他是谁呀?

理绘仿佛听到了大桥的心声,将柏田介绍给他:

"这位是柏田老师。他在我上的预备学校里教数学。"

一听到数学这个科目,大桥的表情中同时流露出了惊讶与兴趣。

"我是大桥,最近刚转为春菜小姐的责任医师。因为不擅长数学,所以选了精神科作为专业,可现在真是后悔,要是当初更努力一些该多好呀。"

"哦?精神科的治疗中也要用数学?"

"偶尔会需要。"

"是什么数学呢?"

单说数学的话,范围可广了。代数、几何、解析、微分、积分等等,领域非常广。

"虽然平常几乎不用,但是给患者用药的时候,就有必要了解用药量与结果之间的因果关系了。"

"以数据为基础来归纳出方程式……"

"没错。"

"原来如此,要是能发现其中的规律,治疗也会更方便有效。"

"是啊,要是数值关系能用线性来表达,那就什么问题都没了,可现实没那么简单。与用药量相对应的数值,会突然间增加到无法控制的程度,就算用数学分析也无济于事。可是非线性方程式对于我来说太过困难了……"

原因与结果之间的因果关系,如果可以用沿着时间轴的直线(线性)来表达,那的确很简单。只要在X轴输入数值,就可以找到一个Y轴的值。也就是说,可以预测未来。一旦能知道用药量的多少会如何影响到未来的症状,那么治疗就容易多了。

然而,一旦出现了不规律的情况,展现出了复杂的机制,情况就彻底不同了。无法预测未来,就不知道现在该做些什么,想让治疗有效果就更困难了。

"在神经疾患的药物治疗里,看来会时常出现混沌现象呢。"

"我们把服用药物之后的反应按照时间顺序测定下来之

后,在洛伦兹①相空间里描出点阵,出现了一个8字形的吸引子②。"

"如果不能让它收缩为一个解的话……"

"您说得对。"

"为什么会出现这种情况呢?"

"谁知道呢?太过复杂离奇了,可能只有神才知道。"

"我在研究数学的时候,也有和你一样的感触。在事物不规律发展的表象背面,会突然有神或者说恶魔探出脸来。若不把这一切预设为超越人智的存在,很多东西便令人难以接受……"

才初次见面,柏田和大桥就意气相投地聊起了数学话题,理绘很难掩饰自己的不知所措。她想加入话题,可又因为刚学数学不久,难度太高了。

直到理绘的脸上露出了因为跟不上话题而不满的表情,大桥才终于把话题转向春菜的症状。

这个话题对于柏田来说也是欢迎的。毕竟他现在想听大桥说的并不是那些数学八卦,而是有关春菜怪病的信息。

春菜与柏田从未见过面,却在与山村家族方方面面都有

---

① 美国气象学家,蝴蝶效应的发现者,混沌理论的奠基人。
② 微积分与系统科学中的一个概念,代表一个系统朝某个稳定态发展的趋势。

深层关系的一系列事件中扮演着向导的形象,第一个理由就是她所患怪病有一定的影响力。能在拜访春菜之前听听大桥这个责任医师简单介绍一下症状,没有比这更好的事了。

"至今为止,春菜接受了皮肤科、整形外科、内科,还有整座医院的各种精密检查,可她的症状连病名都没能确定。不过大桥医生很快就找到了病名。"

理绘的口气中带着对过去的不安和对未来的希望,可大桥却委婉地自谦道:

"并不是说病名已经确定,而是症状相差无几。我是联想到从前看过的一部电影中的场景,心想很久以前好像也见过有种病的症状与她很相似啊。"

"但是,比起以前那种要严重了好几倍。"

理绘插嘴说。

"没错,所以请不要太高估我的能力,我仅仅是注意到症状相似而已。"

"症状是?"

柏田单刀直入地提问。

"帕金森症候群。"

帕金森这个名称,柏田也听说过。加上一个"症候群"会有什么不一样吗?因为数学家的职业病,柏田不禁联想到帕金森病应该是帕金森症候群的一个子集。

大桥补充了一段简单的说明：

"帕金森病大多会在人五十岁之后才体现出病情。这是一种出现四肢颤抖、僵硬、动作缓慢、步行异常，以至于容易摔倒的病。现在的治疗手段只有对症疗法，但不可能完全治愈。顶多通过用药来减缓病情而已。帕金森症候群指的是出现类似帕金森病症状的所有病。"

"也就是部分与集合的区别吧？"

"您这么理解也无妨。虽然大多是到了老年才开始发病，但偶尔也有年轻人发病。但是，与春菜小姐的症状相似的病不是青年帕金森病，而是嗜睡性脑炎病发之后的帕金森神经障碍。"

"嗜睡性脑炎……"

尽管是第一次听说这个病名，理绘还是成功联想出了准确的汉字来。从汉字只能推测出它与睡眠有关系，却完全联想不到这种疾病的完整症状。

柏田也一样，他对疾病的相关知识可以说是一无所知。

"你们知道西班牙流感吗？"

"我知道。"

听到大桥的问题，理绘不禁晃了晃脑袋。

"你这么年轻，知道得真不少。"

"我读过不少写大正时代的小说，经常出现呢。《爱与死》①的女主角，还有岛村抱月②，也都是因为西班牙流感而死的。"

"西班牙流感肆虐全世界，是从1918年秋天到1919年春天，不满半年。在这么短的时间里，全世界有两千五百万以上的患者死亡。"

在半年里夺走两千五百万人的生命，实在是可怕的流行病。对于全人类来说，这也是自中世纪流行的黑死病之后，最大规模的病毒爆发。

"就像理绘小姐所说的，西班牙流感也时常出现在小说里，知道的人不少。可是，几乎同一时间在全世界大范围流行的嗜睡性脑炎，就几乎没有人知道。几年前也曾经有人拍过这个题材的电影，稍稍普及了一点知名度而已。"

"从字面上来看，好像一直会保持睡眠状态呢。"

理绘知道"嗜"这个汉字有着"贪图"的含义。

"你说得对。英语写作SLEEPING SICKNESS，直接叫做昏睡病也行。嗜睡性脑炎在全世界的流行，大约从1916年或者1917年开始，到了1927年就突然消失无踪了。十年里，有五百万人患病死亡。

---

① 武者小路实笃所著的著名爱情小说。
② 本名佐山太郎，有"现代戏剧之父"之称的日本著名文艺评论家、戏剧编导，日本自然主义文学运动和新剧运动的先驱。

"西班牙流感和嗜睡性脑炎,把二者的致死数做成柱状图,你们猜会怎样?大约十年的流行期中,嗜睡性脑炎的致死数是五百万人。而在这个过程中,仅仅半年里,因为西班牙流感而死去的就有二千五百万人。按照年份排出死亡人数的柱状图,会变成一个完美的倒T字形。"

柏田与理绘的脑海中,同时出现了一个倒写的T字。

"二者都是病毒引发的疾病,类型完全不同。但是,从流行时期重叠的事实来看,二者很明显有因果关系。即便如此,在医学上仍旧无法解答。到现在还是一团迷雾……"

"1920年之后还有过大流行吗?"

柏田问。

"与西班牙流感同类型的流感病毒倒是有过。但基本已经不再强大,死亡人数寥寥无几。可是,嗜睡性脑炎在1920年之后,再也没出现过。"

"是病毒灭绝了吗?"

"求之不得呢。是座死火山还好,如果是休眠中的火山,总有一天还会喷发。"

"真的是如此可怕的病吗?"

"虽然致死率只有百分之二十,但是哪怕运气够好,捡回一条小命,也无法恢复到原来的健康了。残酷的后遗症会折磨患者,痉挛、抽风、肌肉僵直,等等,伴随着数不清的不自主动作,患者会丧失生存的欲望。一整天里,不能翻身，不能说话，进入仿佛沉睡的状态。人有意识却不能动，就好比一尊活着的铜像，数年里都只能一动不动。"

"有恢复的先例吗？"

理绘害怕地问。

"有短期的觉醒，但没有痊愈的例子。"

"大桥医生，你是怎么想的呢？你真的认为春菜小姐是得了嗜睡性脑炎吗？"

"我只是认为症状相似。这不可能是病毒性的，因为完全没有流行病的征兆。人体内部自己产生病毒？这是不可能的。"

大桥医生打趣地说。可是柏田和理绘面面相觑，咽下口水。

"或者，春菜小姐是不是去过非洲？"

理绘摇摇头："没有。别说非洲了，春菜一次都没去海外旅行过。"

"一步都没有踏出过日本，那就不可能感染嗜睡性脑炎。"

大桥断言道。而柏田与理绘又再一次同时感受到了一段类似的映像，虽然他们都没有见过实物，可两人心中的形象几乎一样。

那是一个双手水平伸展的女人，扇形的脸大得出奇，细长的眼睛向两边翘起，浓厚的眉毛一直延伸到鼻子处，头发像蛇一样蜷曲缠绕。一阵电闪雷鸣，她将从绳文时代起豢养的毒蛇释放到人间，可那女性土偶仍然维持着玻璃柜中的那个动作，只是露出会心一笑……

柏田与理绘无言地交换眼神。现在两人的心中浮现出一个疑问：到底该不该告诉大桥医生？他们在彼此试探。要是随便说出来，不光有可能会遭到嘲笑，还可能会被打上非理性的烙印。柏田今后大概再也不会与大桥见面，可理绘还要时常来探病，会与大桥继续有交集。

柏田制止正要开口的理绘，主动开始解说。他简明扼要地说明了一下两年前的春天，春菜在长野县的井户尻遗迹体验了什么。虽说是转述理绘的话而已，但不知为何，他说得栩栩如生。

绳文时代的女性土偶头顶所解放出来的蛇，形状就好像DNA的双螺旋，又让人联想到病毒的形象。它在有文字以前，或者说人类诞生之前就存在，会化作雷电，划破长空，是人类心中恐怖的象征符号。

柏田与理绘还以为大桥会一笑而过，希望他说出"哈哈哈，这根本没关系"这种话来搪塞。

然而，随着柏田一步步介绍春菜的亲身体验，大桥的表情愈发严肃，附和声也越来越少。

直到听完整个故事，大桥才斜着脑袋说道："这或许是偶然吧。你们知道欧洲人是怎么称呼嗜睡性脑炎这种病吗？"

柏田与理绘摇头。

"千头海德拉。"

"海德拉是……"

柏田立即回应理绘的疑问:"海德拉就是希腊神话中的九头蛇……与须佐之男命消灭八岐大蛇的故事一样,她也被赫拉克勒斯消灭了……"

柏田所说的不过是一种愿景。假如是拥有实体的毒蛇,即便是怪物,也是可能被消灭的。然而,假如在世界上蔓延的是肉眼不可见的怨念,那到底该怎么去和它战斗呢……

从水井中释放出的怨念如同烟雾,根本不可能将其回收。

另一方面,大桥提到的这个形象,仿佛黑暗中有无数绳索在纠结缠绕。

"千头海德拉,这个说法很妙。嗜睡性脑炎原本就带着一种深不见底的阴森,就好像有一个恶魔在表象之后暗中操控。我忍不住想,也许嗜睡性脑炎病毒的真正能力,就是赋予单纯的流感病毒以恶魔般的威力。在十年的流行期的正当中,搭配上流感病毒,将它激活,所作所为恍若恶魔。这种病毒说不定才是让安稳度日的人类在突然间暴露出凶暴容貌的元凶……"

如同海草一般摇曳的无数毒蛇,的确与嗜睡性脑炎的形象很切合。

像三明治一样,两种病毒前后夹击的话,一旦大爆发,遇害的人数到底会增加到多么可怕的程度呢?

又或者,天花病毒就是这样被推到历史舞台上的……

柏田在此刻会联想到天花病毒,也是由于《环界》中有相关的记载。

9

　从未经历过这种心悸。没流过血,没感受过疼痛,没被异性撩起过欲望,更没有过食欲的刺激。柏田来到这个世界为时尚短,心境一直都很平稳。

　现在,在胸中涌现的这股感情,对于柏田来说是初次体验。

　亲眼见到春菜的病状之后,柏田感受到的不是怜悯,不是悲伤,只有恐惧而已。

　比预想得更早地离开病房也是这个原因。理绘随着柏田来到走廊,一路跑到大厅才追上柏田。

　"老师,您怎么了?脸色很差啊。"

　柏田的悸动十分严重。他总算彻底明白自己到底在害怕什么了。那就是身处狭窄的空间里,出口却被堵上。刚才见到的春菜,她活着,可是又被幽禁在肉体这个石室中,出口被彻底封堵。光是在那个房间待上一小会儿,呼吸几口同样的空气,柏田就理解了。他坐立难安,飞奔了出去。

　柏田在医院大厅一侧墙壁的沙发上坐定,调整呼吸。

"老师，我给您买点饮料吧？"

理绘站着问道。柏田回答说：

"那就冰乌龙茶吧。"

理绘走向小卖部旁的自动贩卖机，柏田望着她的背影，自然地长吁一口气。吐出这口气，身体都快要萎缩了。

为什么会被恐惧驱使？柏田开始考虑其中的缘由。不管是在行者窟遭遇巨石崩塌，还是在比勒圆木小屋的地板下窥探水井，自己的心情都没有这样纷乱过。他总是能淡然地维持着客观的立场来观察对象。

……原来如此。

柏田的脑海中出现了"客观"的反义词。

……那是因为我目睹了会侵蚀掉"主观"的场面啊。

躺在床上动弹不得的春菜就要变成一尊活生生的石像了。她的表情像能剧面具一样冻结起来，就算摘掉面具，下面仿佛仍旧会出现同一张脸。即便柏田眼前的实物是物理性的真实，可春菜早已成了幽灵，丧失了实体。

光是用主观去想象自己被封闭在一个石化的容器中就让柏田浑身发抖。假如肉体是自由的，就可以尝试从封闭的空间逃脱。可是人能够对外部进行挑战，却不能与内部对抗。个体的意识，完全无法抵抗自己的肉体。

是因为自己在前世有过类似的体验还是预想到了未来可能发生的事态呢？柏田汗如雨下，冷汗顺着脊背流淌。

用双手撑着膝盖支持起上半身,抬头一看,只见理绘手里拿着宝特瓶,正在向自己走近。

随着她的身形缓缓扩大,她身体四周也变成一片透明。柏田的视线跳过理绘,被她背后乘坐轮椅的女性吸引。

这位年轻女性看上去是住院患者,她让轮椅停靠在五六米开外的沙发旁,双手搭在车轮上,放松肩膀,从脖子到胸口,像是耗尽了力气,脖子以上是一张端庄洁白的面孔,眼睛冷冷地注视着前方。

柏田记得这个女人的脸。

"给,老师,乌龙茶。"

理绘的声音突然从头顶传来,柏田惊得挺直背脊。正面站着的理绘,身形前所未有地巨大,黑影盖在柏田的身上。

也并非有意,柏田的上半身微微摇晃一下,他的视线再次停留在轮椅女人的身上。

仿佛是藏在女人身后一般,一个幼女的双脚垂在半空地坐在那沙发上。那是一个只有两三岁的可爱女孩。两人并排坐着,一看就是母女关系。年幼的女儿去探望住院的母亲,这个画面构图着实洋溢着令人心痛的哀伤气息。

"老师……"

柏田面对递来的乌龙茶毫无反应,理绘忍不住催促他。

与右边递来的宝特瓶相对称,左边,一个男人正在走近。在五六米开外走动的那个男人,根据远近成像法则,看上去跟宝特瓶几乎一样大。而现实中,他的身材与柏田相仿。

那个男人走到轮椅女人身边,把手搭在她的身上,蜷曲身子,在她的耳畔轻声低语。那女人好像十分吃惊,身体猛地震颤起来,并随即将视线投向柏田。

柏田与那女人的视线相交的同时,男人也顺着女人的视线与柏田对视。

虽然穿的衣服不同,发型也不同,但是从这个距离已经能清晰辨认出——那个男人与柏田长得一模一样。并不是相似,而是从身高到体型,完全相同。

……另一个自己就在那里。

对面那个男人也意识到了同样的事实。他露出惊愕的表情,视线固定在柏田身上。

柏田忽然觉得口渴难耐,他想要伸手去接过宝特瓶,但忽然停下了动作。明明手指只差几厘米就能触到瓶身了,这一点点距离却不再缩短,反而越来越远。他拼命想抓住,可是却向前倾倒,从椅子上摔了下去,左肩重重地砸在地板上。

理绘短促地惊叫一声,反射性地往后跳。

柏田想要靠自己爬起来,身体却向前弯曲。他又坐在地面上,想用双手从背后支撑起身体,可正当抬起腰部的时候,双腿却只是在空气中划动,甚至连一个动作都不能随心所欲地做出来。

过了一会儿，支撑上半身的一只手也开始痉挛。

理绘看呆了。她想起自己曾经见过类似的景象，就是与春菜在校园里相遇的那一次。春菜也是腰部蜷曲，双腿扑空，无法靠自己站起来。而当天晚上，她就被送进了医院。

同样的事情又在柏田身上发生了。

柏田用依赖的眼神向理绘求助。

……这，不会吧？

柏田拼命想要诉说什么，但身体就是不听使唤。

……告诉我不是这样的。

想要说话，但喉咙打结，嘴巴里只有口水溢出，挤出来的声音发自鼻腔，是猪叫一样的嘶吼。

再想站起来，却无法违抗重力，光是做出尺蠖一样弓身前进的动作已经是极限了。

柏田眼中的胆怯一瞬间传染到了理绘身上。她的动作也变得僵硬。

理绘现在的想法是显而易见的。假如说，嗜睡性脑炎病毒是一切的起因，那么下一个牺牲者毫无疑问就是她自己。正是因为理解到这一点，理绘才没能扶起柏田。她明白，事到如今再去躲开病毒为时已晚，但她的身体就是动不了。

另一方面，柏田已经逐渐理解自己身上突如其来的异变与嗜睡性脑炎根本不是一回事。这一定是历史上未曾有过记载的病。或许从未存在，又或许因为感染者没有一个能够说话，全都死绝了，连被记载的机会都没有留下。

就好比一条盘踞在脑中的蛇直接缠住了大脑皮层。疼痛尚且可以忍耐，但蛇的信子舔舐着大脑沟回的那种奇痒实在难耐。

随着痛觉逐渐扩大，柏田甩着头不断撞击地面。摇晃的视野之中，轮椅女人和她身边的男人一直都在观察柏田。那男人不知何时已经挺直身体，正面对着柏田。

柏田的视野徐徐变得狭窄。视野两侧像是冒出了漆黑的墙壁，越长越高，随着墙壁的升高，身体感觉就像是坠入了一口深井。

比拷问致死更可怕的就是意识被锁死在石化的肉体之中了。一想到自己的意识会坠入井底，并且被永远地幽闭起来，柏田就想大声呼喊："杀了我吧！"

视野进一步变窄，在圆筒状的视野里拼命对焦，看见的是轮椅女人的脸。

与井口一样的圆形空间中浮现出一张脸，柏田终于想起以前到底是在哪里见过她了。她就是在巨石堵塞的行者窟中，柏田回头时见到的，浮现在昏暗背景上的，只有上半身的幽灵。

视野变得更加狭窄，只留下了一个透出光芒的小圆孔，就要被完全封堵了。随着轰隆隆的声响，一个石头盖子从旁边移动过来，将光芒一点点遮盖。

满月变成半月,又变成月牙。柏田想伸手去抓住最后一线光亮,却无法动弹,很快,他就被完全的黑暗所笼罩了。

就在那一瞬间,不知从哪里飘来了一句话。

……这次轮到你了。

柏田真的好想大叫。

然而,不论他如何嘶吼,恐怕都不会有一声悲鸣能传到深井之外吧。

第三章 双头蛇

1

医院大厅那一排沙发前面,有个男人的身体忽然间像尺蠖一样弓起,满地打滚。这件事吸引了川口彻的视线。

那是发生在七八米外的景象,不过川口没有错过那男人的眼神丧失生气的一瞬间。

一直到那一瞬间之前,他都还活着,眼球在正常运转,很快就变成了一颗玻璃球。川口过去也曾经见过熟人出现同样的症状,随后倒地,因此他很快理解了事态。

比那种类似病状更吸引川口注意力的,就是那个男人长得跟自己一模一样。不,说一模一样还不足以概括。应该说,在不到十米见方的范围内,存在两个完全相同的人。

川口梦游般地朝那男人走去。

他的视线扫视着四周,一边确认状况,一边开始思考眼前的这一幕到底有什么意义。有必要让大脑全功率地运转起来。要是判断失误,很可能会变得无法收拾。

假如那个用单腿无力地碰撞着地板的男人就是自己找了

好几年的那个人,那么现在该做的事情只有一件,那就是立刻离开这里,找一个可以和他两人独处的地方。

没时间犹豫了。虽说自己和医院的理事长有些交情,可一旦那男人落入医生的手中,就麻烦了。现在应该态度坚决地把他带走才对。

男人身旁的年轻女人说了句"我去叫大桥医生"就立刻跑开了。机会来得真快,川口立即跑到那男人身边,蹲下去对他耳语:

"能站起来吗?"

看那男人的四肢动作,很像是想要靠自己站起来。他的左脚跟轻轻捶打着地板,双肘拼命地活动着,想要回到椅子上去。

川口尝试把手架在他的腋下,感觉手肘猛地收紧,传来一股很强的力道。男人的手掌和手指也能做出正常的动作。看来他的上半身还留有充足的力量。

"来,站起来,走走看。"

川口在男人的耳畔小声说道,接着用双手把他抬了起来。

那男人毫无反抗之力,只能按照川口的指示来做。他也许已经本能地意识到现在到底该做什么。

两人的身高和体重完全相同。川口用肩膀承担起那男人一半的体重向前迈步的时候,那男人也做出相同的动作。走起来比想象的更轻快,自己要承担的重量意外地很小。可以看出，他的不自然动作或者步行困难主要是心因性的，肉体并没有根本性地丧失运动能力。

川口假装出若无其事的样子，两个男人互相搀扶着穿过大厅，向出口走去。

走出自动门后，有一片出租车集散地，刚好有两辆空车。川口把架在男人腋下的手往下挪，摸了摸他的屁股口袋，然后灵活地掏出一个钱包。随便瞧了一眼，发现里面插满了卡片。

把那男人推上出租车后座之后，川口也挤上邻座，读了读从钱包里翻出的驾照上写了什么地址。那个地方距离川口的住处不是很远。从字面上看，男人的住处应该是一间公寓。

"去哪儿？"

司机开始催促。川口顺口就把自己的住处地址报了出来。川口租了一幢独户小楼，优先考虑，那里比较宽敞。

出租车在环形路上绕了半圈，往住宅区的小路上驶去。

从在医院大厅扶起这个男人到坐上出租车出发，花了不到两分钟。那个去找大桥医生的年轻女孩回到原地之后找不到人，一定会有一种怀疑人生的错觉吧。

车子行驶过程中，男人的上半身逐渐往右边的车窗靠近，仿佛在渴求光芒。不知何时，他的右颊已经贴在了窗玻璃上。车窗外掠过的街道风景也不知道他能不能看见，男人的眼神依旧是一片空洞。把他的脸往上抬起，嘴角有口水淌落。不时还有短促的气息喷出，那是从他喉咙深处发出的呜咽。

"你看得见风景吗？"

对他耳语也没有回应。川口对这个男人现在的意识到底处于何种状态抱有深深的疑问，同时又对他个人产生了兴趣，于是翻起手中的那个钱包。

一万日元钞票两张，一千日元钞票四张，除了驾照之外还有保险证，预备校讲师的身份证，和一张信用卡。

川口这才知道男人的名字。

……柏田诚二。

驾照、保险证、身份证、信用卡……钱包里几乎有川口想要的全部东西。真不知道这家伙是通过什么渠道才搞到了这么名正言顺的户籍。相比之下，"川口彻"这个户籍简直粗制滥造，马虎多了。

驶过住宅区的小路，在一个大十字路口右转之后，出租车开始加速在主干道疾驰起来。因为突然的加速，两人的上半身都仰向背后的靠垫，川口与司机的视线在后视镜中交错。

司机的眼神里露出了几分讶异。

两个面容完全相同的男人同时耸着肩，靠在座位上。从后视镜中看到这一幕想必十分奇特吧。

这两个人的关系比同卵双生儿更加密切。

前世的前世，那个名叫高山龙司的男人化作前世又来到现在的世界。在这个过程中，扫描生物体信息并实现重生的系统大概出现了错误，多生产了一个副本。生命的根本就是信息，想创造一个副本是很简单的。高山龙司的资料是原型，这部分信息分裂成了两部分，并生出了两个人来。他们都通过非法手段获得了户籍，一个叫"川口彻"，另一个叫"柏田诚二"。情况就是如此单纯，这两个人都不过是虚假的身份而已。

川口推测：让自己烦恼不已的记忆障碍，其原因或许不仅仅是因为生物体信息未能准确复制，还有可能是因为记忆的总量相应地分给了两个人来承担。肉体分为了两个，然而，完整的记忆却需要将二者结合起来方能补充完整。

保存记忆的位置在大脑边缘的海马体，这个部位的工作原理极其复杂。即便是如今，记忆这个原理仍然是未解之谜，直接执行重生任务，当然很有可能出现差池。

他们两人在言语、思考、运动等在日常生活中涉及的领域都没有障碍，分裂的部位是与家人、朋友进行对话或共同行动时所需要的俗称"回忆"的那个部分。与一般性的丧失记忆在症状上是相同的。

川口急着将柏田控制起来的理由就是如此。

只有通过交流来传递信息，除此之外就没有其他办法来修补那些失去的记忆了。

不过，这也必须建立在"交流能够进行"的假设之上。

为了避让自行车，出租车向右急转弯，受向心力的影响，柏田的上半身向一边倒去。

视线稍稍偏向一侧，与另一个自己的眼神相交。他像能剧面具一样毫无表情，半开的嘴唇微微蠕动，右手抬到胸口的高度就停止不动了。这具已经失去了生存意欲的身体让人联想到"服装模特儿""幽灵""铜像"这些词语。

川口感到毛骨悚然。他把对方的身体推回窗边的时候，不禁联想起了"僵尸"这个词。

2

在医院倒下之后到底经历了多长的时间？这是很难把握的。

感觉像是几个月，又像是几天，不过就算被告知仅仅是几分钟，柏田也不得不相信。因为一切能够判断时间的基准都消失了。

在那个永远无法醒来的梦里，有多得用不完的时间来思考。柏田将身体沉浸在黑暗之中，继续思考。

……自己身上到底发生了什么？

对于这个问题，最简单的回答就是"死"了。但现在自己身处的情景，与各种书籍上所描述的死后世界相比，差别也未必太大了。

书本中所描述的死后世界、濒死体验等现象大多都有一定的模式。从生到死的转化过程中，带来的并不是恐怖、绝望、痛苦之类，而是昏眩、美好、忘我这些词汇所代表的情感。

临死之际，人的心中会充满喜悦与幸福感，一股严肃的气氛充斥在整个空间中。不久之后，空气中会传来嘈杂的声音，飘浮的灵魂注意到正俯视着自己的身体。不论何种场合，灵魂都是在高处俯瞰一切，像是在瞭望塔上眺望着绝景一般。视觉与听觉变得极其敏锐，能够看见自己逐渐死去的躯体周围的那些人们是如何行动，听见他们的对话。不久之后，一道棱镜折射般的光芒从天而降，伴随着恍若并非人间的美妙音乐，温柔地抚慰死者的心灵。一个也许能称之为天堂牧场的乐园就在一条河流的对面，频频对你施加诱惑。接着，就看你是否愿意接受这诱惑，渡过那条河流。这是区分生死的边境线……

被描绘出来的每个画面上都暗示着死的暗黑面会一扫而空，洋溢着甜美的气氛。从肉体的束缚中解放出来的灵魂，一边讴歌着自由，一边升向高空。

然而，柏田此时陷入的状况与此完全相反，堪比地狱。

书本如果忠实地描写了死的真实感受，那么柏田陷入的状况很显然与死亡相去甚远。

被推落井底，唯一的出口又被水泥盖子挡住。不论多少次回想那个瞬间，那种没有救赎的绝望感都令人毛骨悚然。

越是乞求，光线越是无情地越变越细。越是依赖，从天上垂下的那根丝线就离指尖越远。

接着到来的是完全的黑暗……

这与闭上眼睛之后出现的世界根本是不同的次元。就算闭上双眼，耳朵仍然能捕捉周围的声音；只要来到海边，就能享受波浪与轻风的声音；只要舔舔海水，就能感觉到咸腥味；只要把脚踩进滩涂，就能感受到液体独有的阻力和凉爽；还能嗅到潮水的香气。爱抚性器，也一定能获得快感。

可是，柏田所遭受的是五感彻底丧失的状态。只有思考能力没有任何损伤，留了下来。他就要成为一个纯粹的意识体了。

假如死亡是灵魂从肉体飞升，那么柏田仅留下了能够思考的意识，被囚禁在肉体的牢笼中，这种症状到底该如何描述呢？

……自缚灵。

一想到这种状态将会永远持续下去，柏田觉得快疯了。要是真的精神错乱，那还算轻松。可正因为他是完全没有意识的，所以没有疼痛，更不要说犯病。欲哭无泪，欲叫噤声。

被泥土中的蛴螬啃食肉体，受到阎罗王的拷问，都比这要好得多。至少那里还有些动静。可这里，狭小、逼仄、阴湿，全身无法动弹。

……为什么，会这样？

在摒除"死亡"这个单纯的解答之后，柏田首先想到的就是自己或许感染了春菜身上的嗜睡性脑炎病毒。但是仔细想一想，就知道这个答案未必太武断了。

病毒的特性是不选择对象，同时攻击多个不特定的受害者。然而，柏田身处的状况，多半是由于他个人满足了某个条件才触发的。

不论是行者窟崩塌，还是之后前往比勒圆木小屋B-4号楼窥探地下水井，全都可以视为这次事发的预兆。应该认为这件事与个人体验和记忆有关系。

这并不是病毒感染，而是有人针对自己。

……是谁？

柏田想起自己在医院倒地并丧失五感那一瞬间前，意识的表层曾经接收过一个女人的嗓音：

"这次轮到你了。"

假如这句话有特定的含义，那很有可能是某个人的报复。尽管柏田没有被人记恨的理由，但也许仅仅是他想不起来而已。

自古以来，与上天交涉并将现实中的怨念化作实际行动的，都仅限于女性。

要说有谁对自己心怀怨恨的话，他能想到的只有一个人。一想起她的脸，柏田就愈加疑窦丛生。

……贞子，为什么要怨恨我？

3

　　站在玄关前，想掏出钥匙，可摸了摸口袋也没发现。轻轻跳起，背包里发出沉闷的金属撞击声，他很自然地想起了第一次来到这屋子时的景象。

　　三年前，夏天快要结束的时候，他心想不能一直做无名氏，于是前往自杀名胜——树海，找了一份与自己相称的户口簿。户主所居住的地方，是一处建在郊外、靠近大海、六叠两室带厨卫的简陋房子。

　　虽然自己本来就没想找什么讲究的屋子，但是这屋子给人的印象，相比从遗物所推测出的样子还是差远了。只要站在玄关前，想要住下来的欲望就瞬间被一扫而空了⋯⋯

　　磨砂玻璃嵌在木制门板中，显得弱不禁风，根本起不了防止外人入侵的效果，让人犹豫该不该称呼它为"玄关大门"。到底该进还是不该进？正当他拿不定主意的时候，忽而发觉一种不协调感。后退一步环顾整体形状，发现容纳木门的木框已经被压得走形。门框与门板间露出歪斜而细长的缝隙，连屋子里的水泥地都隐约可见。

旁边挂着腐烂的姓名牌，上面雕刻着"川口彻"这黑黑的姓名。

邮箱里塞不下的传单和催缴信被雨打湿，显得垂头丧气。走进屋中按下开关，电灯很显然是坏的。

传说树海连白天也是昏暗的，指南针都会失灵。当天下午，他就是在树海中一块长满青苔的岩石上找到了川口彻的遗物。打开墨绿色的背包一瞧，里面有驾照、保险证、存折、记事本，还有一串钥匙。从驾照和保险证上得知他今年四十一岁。经济不景气，导致他失业，靠失业补助金度日——存折的余款如实地诉说着来龙去脉。为了补上账目，他操劳不已，可数目仍然缓缓下降，直到最近两三个月，账目一落千丈，终于到了进退维谷的田地。

记事本上用小巧的字体写着日记，只读了几行就能感受到他一丝不苟的性格。某某日购买的食材金额都被仔细地记录下来，购买的量始终是一人份。他那单身而孤独无依的生活也可见一斑。

他尽量还清了欠款，一心寻死，最后迷失在了树海之中。这个背包中的每一件遗物都在讲述着川口彻的故事。

从背包一旁摆放得整整齐齐的鞋子来判断，川口这个人应当是悬挂在肉眼可见范围内的某棵树上了，可哪儿都找不到他的遗体。

得到的仅仅是他的遗物。但是，这就够了。

刚进这个屋子的时候，四周仿佛弥漫着房主肯定已经自杀身亡的可厌氛围，令人很是不快，然而一旦习惯下来就无所谓了，生活上一点障碍都没有。

他以川口彻这个身份生活的三年里，既没有嘴里嘀咕着"我没死成"的本尊回到家里，也没有亲属和熟人来拜访过一次。

把房租和水电费未缴的部分付清，整理一下生活环境，他就得到了在这个世界活着的一片立足之地。多亏了把生活必需品准备妥当而自己不留痕迹地彻底失踪的川口先生。

他用与三年前相同的窍门，把钥匙插进锁孔，打开正门。

沿水泥地往前是面对面的厨房和卫生间，从它们中间穿过去，就是两间相连的六叠房间。

柏田现在坐在两间和室中央的椅子上，右手微微松开，抬到与脸同高，左手则搭在桌子的一边，一动不动。

平时，桌上总是摆着一台文字处理机，而现在已经被搬到了床上，桌上干干净净的。

他洗了个澡，换了身舒适的居家服，这才倒了半杯水，丢进冰块，放置在桌上。

柏田无视左手边的玻璃杯，下颚斜向前方突出，脖子扭转着，视线紧盯半空中的一点。因为保持着脚后跟上翘的姿势，有点像穿着高齿木屐正坐的役小角，膝盖抬得出奇地高。

顺着他视线的方向看去,那只是墙壁上的一点,没有任何有意义的东西。

完全化作人偶的另一个自己就坐在这儿。

他无疑还活着。他会自发性地呼吸,感觉到尿意也会自行前往厕所。肚子饿的时候,把食物送到他嘴边就会缓慢咀嚼。感觉到口渴的时候就会用奇怪的动作饮水。他的行动十分恣意,欠缺流畅性,虽然十分笨拙,但是做到生存的基本行为还是没有障碍的。他的意识到底是不是在运作?从外部是根本无从得知的。

把他从医院带到这个房间开始共同生活,已经经过了三天。

这三天里,川口为了和柏田交流,穷尽各种方法。让他躺在沙发床上,让他坐在椅子上,带他去周边散步,仔细地观察他的行动,试图获得一些线索。在他的耳边说话或是用笔尖去戳他的皮肤都没有获得任何反应。用手电筒照射瞳孔也不会眨眼。播放两人都喜爱的音乐也不会显露出愉悦的神情。把他的手放在文字处理机的键盘上让他随意打字,也只出现一行行没有意义的字符。

既不能将言语传达给他,也不能引出他的言语。对他的五感进行刺激时,不论送去了怎样的信号,都如同石沉大海。尝试与他沟通的过程中,出现了一堵高大的墙壁。

昨天,川口去拜访了驾照上所记载的地址,用备用钥匙进了公寓，检查了整个房间。从藏书可以查出他的知识倾向，从他所写的文章可以了解他的思维习惯，然而，有关个人回忆的内容一无所获。光是在房间里来回翻找，能够获得的信息毕竟是有局限的。

假如言语的交流手段真的被彻底封闭，那就不可能将他的记忆与自己的记忆互相比照、推敲、共享了。把他带回家的行为本身也成了枉费工夫。

正为了寻求交流方法而苦思冥想时，川口忽而想到一个点子：给他摄入一些多巴胺促进剂不知会怎样？

川口从背包中取出一个白色信封，将里面的药片放在小碟子中，摆放在玻璃杯旁。

这是他拜托交情颇深的医院理事长今天下午刚通融来的一些药剂。吃下去就能促进大脑中的多巴胺分泌。

给身患嗜睡性脑炎的患者投入多巴胺促进剂，有可能出现临时性觉醒状态。已经有好几个例子出现在报告中。可是，使用药剂之后，很可能会出现幻觉或颤抖等副作用，在副作用上，评价很糟糕。自己的前世本是一名医学生，川口对是否真的要投药犹豫了很久。

一想到这个对象不是别人，而是自己，川口的迷惘便一扫而空，开始凝神注视桌上的玻璃杯和一旁的药片。

已经过去了将近一个小时，柏田还是没有喝水。他差不多也该口渴了。

柏田喝水的时候，并不是用手拿着杯子喝，而是用极其缓慢的动作慢慢凑近杯子，脸颊几乎就要贴到桌子上去。有点像蛇逼近猎物的姿势。接着他会向上张开嘴，让玻璃杯倾斜，水就能流进嘴里。川口打算捕捉这个瞬间，把药片放进他的嘴里。

强制性地对他投入药剂，不知是凶是吉，可是只能放手一搏了。要是他的无意识动作太过激烈，到时说不定连一个人去上厕所都做不到呢。

川口静待那个瞬间。等待那个没有任何意义的，柏田本人自发去饮水的瞬间。

又经过了一小时，柏田的脚才缓缓下降。双脚触地的同时，双膝开始激烈颤抖。或许是因为他保持着这种勉强的姿势太久了，骨胳和肌肉中都积蓄了太多的负担吧。

随着膝盖的颤抖停止，上半身开始倾斜，用比之前观察到的更快速度将脸凑近桌子，柏田伸出右手，飘乎乎地在脑袋旁颤抖起来。正当柏田做出此种前所未有的奇特动作时，他左手一挥撞倒了玻璃杯，同时发出"呜"的低沉呼声。

川口慌忙伸手去抓，却已经来不及，他双手都被冷水打湿，落在桌子上，刚巧触碰到柏田的左手。

川口这才感觉到了异变，这是一种前所未有的触感。

几乎就在一瞬间，川口似乎听到了对方的声音。

不，并不是听见了声音，而是在幽暗的牢笼深处，有一具魂魄飘摇不定，而川口透过一道墙缝瞥见了一点。

那景象实在太过于骇人，川口忍不住收回了手，幻觉消失了。

又过了三十分钟左右。给柏田投入多巴胺促进剂的选项暂时保留，川口开始集中精力思考与观察。柏田喝水时弄倒了玻璃杯，而就在那一瞬间，自己似乎窥见了对方的内心景象。必须充分思考这到底有什么意义。仅仅是错觉吗？还是打破这个僵局的启示呢？理解这一现象是很有必要的。

光靠手与手的接触是不可能成立的。川口之前已经握过柏田的手，还用手摸过他的脑袋和脖颈，根本没有效果。

为了进行测试，川口用抹布把桌上的水擦干净，再次握他的手摸他的头，却没有重现出那种体验。

应该怎么形容柏田现在的姿势呢？

他的前臂触碰到桌子的一角，手掌向上张开，歪着脑袋。不论什么时候，他的脸都不会朝向正面，总是扭出一个绝妙的角度。

从他双手暂停不动的姿势看来，似乎正捧着什么东西。假如他真的捧着东西，那到底是什么呢？无从得知。

意识是什么？记忆的运作机制是什么？这个男人掌握着解释一切的线索，近在眼前，却被冻结住了。

过了傍晚七点，天还有些微微亮，可以听见远处的电车在高架上行驶的声音。东面是一片乌黑的港湾，不过从平房的窗户是看不见海面的,只能通过航船的汽笛声和潮水的气味来感受大海。

仿佛受汽笛声的触发,柏田原本向上的手掌扭转过来,摆出了类似翻花绳的姿势。

这很显然是要进行某种行动的前兆。

柏田一边让手掌向下转,一边收回手臂,接着抓住桌子的一边,伸直背脊站了起来。

他的右脚探出半步,脚踝旋转了九十度,紧接着行走了起来。他的目的地是厕所,很显然是要去小便。

柏田蜷着身子,以一种即将向前摔倒的姿势走几步,又停下来,挺直身子,过了一会儿,又迈出小碎步。重复好几遍之后才到达厕所,接着用前屈的姿势开始撒尿。

小便结束之后,他把运动服的上衣掖进裤子中,在水槽前伸出手,拧开水龙头。

将手伸到水流中后,柏田就不动了。

或许是因为下水管道有点堵塞,水槽中的水位开始逐渐上升。水一边冲刷着水槽的表面,一边卷起漩涡。即便水快要溢出水槽,柏田仍旧一动不动。

川口急忙跑上前,想拧紧水龙头,正当他的一只手伸进水中时,再次体会到一小时之前的那种感觉——仿佛触碰到了这个男人内心深处的感觉……

川口看见一个圆筒状的洞穴直插入地底,一个男人蹲坐着。那是一片无趣又干燥、毫无动静的空间。

……有谁在那里吗?

男人的声音不经意地传到川口的意识中。

到底是什么促成了心与心的交流?答案很显然,是水。川口确信。

4

　　一直凝固的空气似乎就要流动起来。

　　枯燥而逼仄的容器快要被异物填满了。这种异物并非棱角分明，而是潮湿顺滑，与四周融和。新的媒介被注入，到处激发出小小的对流，形成一个个漩涡。漩涡演奏出的音乐渐渐地有了含义。

　　刚开始，他还以为只是自己在向自己发问，并不打算回应。可对方不随自己的意志控制，同样的疑问无数次地发生。说不定我的讯息真的能传到外面去？他脑海中不断地浮现出这个问题。

　　"有谁在那里吗？"

　　……我在，就在你的面前。

　　"是神吗？还是恶魔？"

　　……你觉得是哪个？

　　"正因为不知道所以才问。"

　　……我就是你自己。

"什么嘛,果然只是自问自答而已。"

……不。千真万确,我和你是一样的。这是同卵双生儿都无法达到的精确度,我们的DNA信息是完全一致的。我们都来自同一个地方。用这个国家的话来说,又被称作黄泉之国或者常世国。

"你是重生而来的吗?"

……你这么说也没错。只不过,在穿越边界的时候,出现了一些小错误,数据被复制,我们中的一个混进了另一个的世界。因此就有了我和你,两个相同的人。

"数据被复制……越听你说就觉得越混乱。我想知道我自己怎样了。我现在是什么状况?"

……你应该知道自己在医院突然倒下了吧?我恰巧就在你的附近……不过我不觉得那是偶然。我救了你,把你塞进出租车带走了。

"这是哪里?"

……我的家。一间很旧很小的出租屋。

"我的身体怎么了?"

……你是说外观吗?

"没错。"

……身体的机能虽然没有损伤,但是就像被冰冻了一样坚硬。

"还活着吗?"

……当然了,所以你才能像现在这样与我交流。

"你觉得这是为什么?是因为感染了嗜睡性脑炎吗?"

……你是否接触到了病毒,这我可说不准。只不过,我觉得并不是这样。

"我也是。病毒一般会攻击不特定的多个目标,我不可能是偶然感染了病毒,只能说是有人精密策划之后,针对我一个人而来的。"

……针对你?是谁?

"你知道我在什么地方吗?这是昏暗狭窄的地底,出口被封锁,浑身动弹不得。就像被困在井中。"

……贞子吗?

"我想不出其他人。"

……贞子为什么要让你受这种痛苦?

"这是怨恨。也许她有对我展开报复的理由,只是我忘记了而已。"

……没错,我们忘记了太多的事情。为了回忆起来,必须进行信息交换。所以我需要你的力量。我也是好不容易才走到了这一步的。

"我也想说同样的话。我想知道的太多了。不过,我们现在到底是怎样得以进行言语交流的?我是用嘴在说话吗?还有,我是用耳朵在听你说话吗?"

……不。我们以水为媒介,直接地进行意识沟通。

"是水吗。"

……人类的身体几乎都是由水构成的。人的心灵、意识,就是通过大脑神经元网络中来往飞驰的电信号进行运作的。可以说,覆盖神经元四周的水分子所构成的协奏才是意识的本源。现在,你的双手正浸在一个注满水的盆状容器里。我的双手也浸在同一个容器里。我和你拥有完全相同的DNA,所以我们的共振频率是相同的。因此,我们才能共享各自的心灵协奏。这相当于等长度的弦乐器在发生共鸣。多亏好运,我在不经意间发现了这个秘密。通过多次试错,我发现当水温保持人体温度,并且混入钠离子之后,才能达到最好的效果。怎么样?你理解自己的状况了吗?

"也就是说,我们是两个思考的聚合体正在交流吧。"

……尽管是思考的聚合体,但仍旧通过言语来交流。

"更接近于以心传心、心灵感应吧。简而言之,的确如此。"

……宇宙中最多数量的氢原子所产生的振动,说不定包含着能够解答生命、意识、记忆形成之谜的线索呢。

"最浅显的就是贞子的水井了。贞子的怨念变得如此强大,莫非就是受井底的水的影响?"

……这太过于匪夷所思了,本可以一笑而过,但我们却不能舍弃这种可能性。世界就是以水为媒介,连通为一体的。

"总之,我们必须弄清问题的根源到底在哪里。"

……迄今为止,我们两人都身处不同的地方,分别有了各自的体验。我们在前世的记忆本应是个整体,却被割裂开了。来吧,让我们畅谈一番,填补记忆的沟壑吧。时间多的是。

"享受沉浸在记忆中的乐趣,已经不知是多少年前的事了。"

……我也一样。

"那我们从哪里开始?"

……心爱的人吧。

"恋爱那一类吗?"

……家人、恋人、与亲近之人的共同体验。回忆其实就是这回事。

"我曾经恋爱过吗?"

……有过。前世曾经有过恋人,两人之间还生下了孩子。

"孩子活得健康吗?"

……希望如此呢。就是为了孩子,我们才来到了这个世界。

柏田在此处停止了说话,想要静静体味一下自己曾经有过心爱之人还生过孩子这件事。哪怕是一点点也好,真想能重温一下甜蜜的感情。

对方并没有理会沉浸在感伤之中的他,声音又飘来了。

……我们的前世到底是在怎样的地方?还有,来到这个世界到底有什么目的?这些都是你必须知道的事。喂,你在听吗?

5

　　从一楼的公共邮箱中取出一封寄给柏田的信，反面的寄信人位置写着"山村敬"这个名字。一股冲动驱使川口当场就打开信封，可他转念一想，根本不用这么着急，于是便握着信封，走上二楼，打开房门。

　　他已经来柏田的房间十次了。虽然并没有留宿过，但是每来一次都显得更加熟悉，好像已经在这儿住过好几年了。

　　打开房门之后，玄关处飘着一股气味，川口并不在意。说到底其实是自己的气味。收纳柜旁边有一堆书，堆得乱糟糟的，这也是自己的坏习惯。

　　脱掉鞋子进入房间，尽量避免撞到墙壁两旁的书柜。川口侧过身子往里走，点亮了电灯。书架上堆着数不清的书，感觉稍稍碰到就会全部倒塌。

　　粗略地环顾四周便一目了然：两人在学问上所涉猎的范围完全是一致的。从数学、物理、生物这些科学领域到历史、文化人类学，等等，感兴趣的东西一模一样。可以预想，连思考的模式大概也几乎一样吧。

今后就要作为柏田诚二生活下去了，为了避免出现意外，于是川口便打算今天一整天都扮作柏田来行动。结果根本没有一个人怀疑。

一大早来这个房间打理自己一番，便去预备学校教课。午餐时间遭到了一个名叫由名理绘的女学生连珠炮似的提问攻击。因为自己突然从医院消失，她担心坏了。好不容易才安抚她的愤怒，编了些说辞蒙混过关，教完下午的课，现在刚回到柏田的公寓。

把信丢在桌子上，先去厕所小便。洗完手，打开窗，通过风之后，再打开空调电源。柏田本人回到这个房间后多半也会按照这个顺序行动。打开冰箱门，取出乌龙茶，一边就着大瓶喝起来，一边开始思索山村敬为何会寄来一封信。

柏田曾经在大岛差木地的民宿——山村庄留宿过，对围绕着志津子与贞子母女两人的家族关系进行过一系列的调查。具体情况已经听柏田本人讲述过了。柏田最为在意的是志津子在自杀几个月前产下的男孩了。根据志津子的表兄山村敬的回忆，就连志津子到底有没有生这个孩子都是不明不白的，可她青梅竹马的恋人源次所保管的户籍副本上却写着志津子确实产下一名男婴，名字确认叫哲生。

但是，这样一来，事态就变得有些奇怪。

按照志津子户籍副本的附件记载，户口地址应该在山村庄。哲生到了上小学的年纪时、成人礼时、举行选举时,一般来说,都应该会收到大岛的町派出所寄来的各种通知资料。

然而,山村敬根本没有接到过那些材料。假如有派出所寄来通知单,山村敬自然会留下记忆。相比较忘了而言,更有可能是从来不曾有过关于哲生的通知。柏田从大岛回来的第二天,重新写了封信给山村敬,专门提及此事。

很容易看出,现在的这封信就是山村敬的回信。

川口犹豫着要不要开封,是因为收信人写了柏田诚二这个名字。

前世的前世都曾经以高山龙司这个姓名生活过,现在又从前世再次重生。对于柏田也好,川口也好,姓名根本是无需在意的东西,被称作高山龙司才最让人觉得踏实。

他以高山龙司的身份打开了来自山村敬的信封,开始阅读信中的文字。

信中所写的,正是有关哲生的出生和之后的事情。

简单概括一下,内容如下:

户主为志津子的那份户籍,所在地是山村庄。上面既然记载了哲生的出生,他成长的各个阶段中却未曾收到过派出所的通知单,此事的确蹊跷。

柏田指出之后,山村敬这才产生了疑问,他便拖着老腰前去一一确认。

二十多年来,贞子一直下落不明,族人们都认定她已经死了。直到浅川将贞子的遗骨带去，贞子的死亡才得以确定。山村敬就去派出所提交了贞子的除籍申请。

然而他当时并没有看见志津子的户籍副本。

昭和22年[①]，法律改订，禁止三代人记载于单本户口簿，志津子的户籍上便只写上了志津子、贞子、哲生这三人的名字。打开副本就能发现：在志津子和贞子的姓名上打上了象征死亡的叉号。

身为表兄的山村敬，并没有取得户籍副本的权利，想要确认其中的内容，只能使出绝招了。

山村敬所谓的"绝招"其实没什么大不了，他只不过碰巧有个朋友在派出所工作，疏通朋友把户口簿偷偷取出来瞧了一下而已。

派出所的户籍负责人，照理是不能把自己在工作中得知的信息泄露给其他人的，要是违法行为被揭穿，是要受刑罚的。但是因为同为岛民的这么多年交情，那朋友便接受了山村敬的请求，偷偷查看了户口簿的附件，把包括哲生出生年月日的各种信息都透露出来了。

从这些信息中能够确定的是——志津子在自杀前大约一个月，提交了转户口的申请，仅仅把哲生一个人的户籍迁出了原籍。

---

① 即1947年。

关于这一点，连户籍负责人也看傻了眼。住址有变动的时候，一般来说在迁出申请之后很快就会提交迁入申请。户口簿上也有可能写上：从旧住址迁出，迁入新住址。可是哲生却只有迁出的记录，没有迁入任何其他地方的记录。

也就是说，尽管哲生当时只是个出生才两个月的乳儿，却被从山村庄赶了出去，此后就行踪不明，居无定所。

并且，现在仍保持这种状态……

为什么会提交迁出申请呢？能想到的理由只有一个。

也就是——志津子或许是将哲生托付给了他生物学上的父亲，然后才自杀身亡的。

哲生的父亲到底在哪里？派出所户籍负责人的意见是：仅从附件的资料来看，是不可能得知他身在何处的……

继续阅读山村敬的信件直到结束，川口开始思考。

柏田曾经怀疑哲生的父亲是否就是源次，但这条线索太薄弱了。源次就住在离山村庄没几步的地方。要是哲生真是他的儿子，并且志津子希望他来照顾孩子的话，根本没有迁出户口的理由。

当时贞子已经七岁了，而决心自杀的志津子根本没有去变动贞子的住所，而是维持了原址。贞子的父亲就是伊熊平八郎，这是无可置疑的事实。尽管当时已经患了结核病，但毕竟还活着。假如说要公平对待贞子和哲生的话，也应该把贞子的户口迁入伊熊平八郎那儿去才对。然而，志津子只把哲生托付到另一个地方，准备万全之后，才跳进三原山的火山口，灰飞烟灭。

要是知道哲生的迁入地址，就有可能根据其时的居住地址一路追查到现在的居住地了。可是他四十年来都保持着居所不确定的状态，想要摸清这条线是不可能的。不得不说，想要再挖掘出一点新的信息，变得极端困难。

山村敬的信中虽然包含了一系列重要的信息，但同时也暗示着——探寻哲生下落这条路，将会其难无比。

6

　　带着从柏田公寓中获得的资料回到家里,只见那个等待战果报告的人正躺在沙发上,摆出了一个"万岁"的姿势。看到这仿佛是在欢迎自己满载而归的姿势,川口忍不住笑了,但是笑声没能传达给对方。

　　没有水作为媒介,柏田就接收不到声音。同样也听不见他的声音。可是,一旦开始信息交流,就不知该在何时停止了,对话会一直持续下去。沉默是不被允许的。每当川口想要终止一段对话,柏田就会异常反感地进行抵抗,让川口没有离开的机会。

　　这是他与外界进行联系的唯一频道,希望这个频道永远畅通。心情可以理解,不过说实话,川口的身体实在吃不消。意识的直接交流似乎会消耗相当多的能量。柏田暂且不提,对于拥有活生生肉体的人来说,神经会极度疲劳,甚至会犹豫到底该不该随便开始与柏田交流。

　　在开始之前,还是先决定一下对话将会持续多久为好。

为了在这段时间内进行有效的交流，或许也应该先确定交流的主题。

川口一边思考着今晚该聊些什么，一边做起准备来。

打开和室的窗户，在檐廊之下放置一个玩耍用的水池，用气泵充满气，一个圆形的容器就完成了。接着接入水管，将容器注满水。假如把手伸进房间里的水槽来交流，不仅要长时间保持这个勉强的姿势，而且要辛苦地收拾一地的水。川口心想，要是能再轻松一点就好了，于是今天下午从百货商店买来这个塑胶水池。

注入一半水之后，拧上水龙头，再加入热水，调节到合适的温度，准备就完成了。把柏田的身体搬到檐廊，让他坐在榻榻米上，双足裸露浸入水中。

三米之外有一片板壁，隔断了眼前的风景。板壁前方，有一块可以当作庭院的长方形区域，川口继承了前任房主的传统，只把它当作垃圾场。要是能再打扫得更干净一点就好了。不过后悔已经太迟，如今只能一边欣赏大型垃圾一边聊天了。

川口在柏田身边坐下，也把脚伸进水中。

触碰到水的那一瞬间，就听到等得不耐烦的声音，脑海霎时被言语充满。

川口首先宣告这次的交流时间只有一小时，接着把山村敬寄信到柏田公寓的事情讲述了一遍。紧接着，话题就转换到哲生的姐姐贞子身上，最后还聊起了自己的出生目的是什么。

……关于这个部分，我的记忆总是很模糊，一直都烦恼着。为什么我会来到这个世界？原因不明真是相当痛苦的一件事。假如我们的生存任务就是破解象征贞子的石化病毒，那么经过你的努力，任务已经达成了。

"的确如此，假如让病毒蔓延繁殖是她的目的，那也只是封印一个女人的怨念，根本用不着如此大费周章。只要算准时机，提前进行应对，事态的发展就能被轻易抑制住。可是抵抗力并没有发挥作用，简直让人沮丧。"

……作为任务来说，这也未必太单纯了。

"没错，所以我怎么都无法接受。我认为一定还有更深层次的目的。"

……比如成为神吗？

"果然，你也是这么想的吗？"

……我们在这个世界上一直都遭受着特殊的境遇。与普通人相比，我们是缺陷品、失败品。我们连平凡而正当的幸福与快乐都不能奢求，只有通过神一般的行为，才能解释我们在这个世界上为何存在。给我提示的就是役小角。你知道他吧？

"当然了。就是他赋予了山村志津子不可思议的超能力，在《环界》中也有过描写。"

……这个人物真是耐人寻味，我做了不少调查。脚踩高齿木屐、右手持锡杖、左手持金刚杵的役小角坐像，在全国都有广泛分布。他出生于奈良的浅草寺，在葛城山、大峰山进行过修行，还出现在雾岛、阿苏、出云、赞歧、近江、三河、伊豆、相模和出羽三山。他的活动区域不局限于近畿地区，除了北海道之外，几乎全都覆盖了。在那个除了步行就别无交通手段的时代，几乎同时期地出现在不同的地点，这真的可能吗？

"你的意思是：实际上有多个役小角吗？"

……我认为至少有两个，和我们一样。

"南美洲的维拉科查也是很相似的形式。维拉科查的意思是大海的浪花，他会出现在任何地方，给文明未开化的土地带去种种恩惠，然后离去。他教导农业、畜牧、灌溉、建筑等等有助于人类生活的方法，告诫人们不应争斗。他治疗疾病，鼓励善行，劝人慈爱，然后消失无踪。或许我们不把他看作一个单独的神，而是看作集团行动吧。"

……世界各地的神话中都有类似形式的故事呢。

"像这种类型的神，自古以来，日本人都称他们为'稀人'。所谓的'稀人'就是某日从远方来临，不久又离去的人。役小角也许是有史以来的第一个'稀人'。他们都来自于大海彼岸的理想乡，一个被称作常世国的地方。"

……漂泊云游的灵魂之乡，就被称作常世国。

"灵魂……灵魂究竟是什么？是那些从身体中飘出，可以四处飘荡的东西吗？"

……至少我的灵魂现在还被锁在牢笼之中，假如反过来同样可行，那么我的灵魂说不定真的能飞到肉体之外呢。

"意识、心灵、记忆、回忆……这些东西的聚合体，是否就能叫做灵魂呢？可以脱离到身体之外吗？"

……现在我身处的状况，就相当于全身麻醉的相反版本。做手术时要是进行全身麻醉，意识就会消失，当时的意识到底飞去哪儿了？而现在的我，只有意识留存下来了吗？

"我前面也说过，说到底，意识和心灵都不过是神经元电信号累积起来的东西而已。一个个神经元好比计算机原件，是以开和关的二进制运作的，他们的集合表现为线性，虽然单独的神经元会采取必然动作，但是大脑这个系统在整体上是非线性运作的，因为大脑是复杂系统的代表。"

……所以才产生了差错。

"谁搞错了？"

……包括我们在内，就是把我们送来这里的那群人。

"为什么会搞错？"

……打个比方，假如说你的头是地球，那么头盖骨就是地壳。地壳之下还有上地幔、下地幔、外核、内核这些层次，地幔里有铀、钍、钾这些放射性物质，它们会产生核裂变从而提供热量，让地幔维持着数千度的高温，并进行热对流。在地表上，白昼有日光照射，让气温上升；晚上则释放热量，在确保恒常性的同时令大气循环。地球制造热量、接受热量又释放热量。能量在流转的过程中与水产生互相作用，无穷地循环往复，终于产生出了熵值为负的生命。

假设头盖骨就是地壳，意识到底存在于哪里呢？

是在地核或者地幔中吗？我总觉得不对劲。说不定意识并不在地壳的内侧，而是已经渗透到外部，存在于地表？

意识就好像飘浮在空中的云，风中的呼啸，海面的波浪。它并不是一直都风平浪静，它有时发怒，有时落下惊雷，激发起暴风雨。你不觉得通过与水交织而成的复杂大气运动才是意识吗？

"的确，无论对地球内部进行多么精密的勘察，都不可能理解大气的运作原理。"

……生命也是一样。在定义生命的时候，有一个基本条件，也就是拥有与外部进行隔离的外壳。细胞有细胞膜，我们的身体则有皮肤。但是，将包括在皮肤以内的所有生物体信息全部收集起来并进行复制，仍然不可能令个体重生。生命和意识、心灵一样，会来往于细胞的内外部，是加成部分。它是飘浮在细胞、器官内外的类似薄纱一样的物体。过去被称之为灵魂的东西不就是这种印象吗？它并不是被囚禁在肉体中，而是向外拓展的。

"所以我们出生了。哪怕对个体的生物体信息进行严格的复制，也无法复制意识和心灵的层次，所以产生了差错。你是这个意思吗？"

……没错。

"那么疑问就更深了。为什么我要来到这个世界?这个世界到底是什么?"

……我们可能有一个很大的误会。

"人类的历史就是各种误会的集合。很久以前,我们还以为地球是平面的,在地面的尽头,海水会像瀑布一样掉落下去,而下面有巨龙张开嘴接着这些水。早些时候,我们还以为自己就是宇宙的中心,认为包括太阳在内的天体全都绕着地球旋转呢。"

……世界不可能永远保持着我们认知中的形象。

"我们必须做好心理准备,说不定在不远的将来,世界就会忽然转变成新的形态。"

……至少我们现在所身处的应该不是计算机模拟的世界吧,那种形式的世界是不会产生意识的。

"你的意思是说人工生命不会产生意识,意识是生命特有的吗?"

……机械是不会自我组织化的。

"自我组织化的程序是存在的。"

……那也不可能生孩子吧。

"能够产生子代的程序也是存在的。"

……不可能,人工生命体的个体是不可能向外渗透的。就算可以反复重生,也一定会逐步衰退。

"你为什么这么想?"

……人工程序没有与水进行互相作用。

"你说的是现实中的水吗?"

……没错。

"计算机与水的确很不相容,只要洒上一点水就坏了。"

……只有在传递热能的循环体系中,通过反复与水进行相互作用,生命才得以成立。人工生命体虽然一直都在进行试错,但是在四十亿年中还从未探索过这片未知的领域。从最初始的细胞开始持续积累记忆,在集体记忆的尽头让意识开花。这就像是一条超越时空的长河。

"长河吗……"

……我去了大岛的行者窟,亲眼看见了役行者的石像,而且经历了匪夷所思的体验。从神话时代到古代,从古代到现代,我已经亲身体会到在这几千年历史中继承下的血脉。

我看见了不知多少亿多少兆的人诞生到这个世界上,从生到死,一点点累积下来的情感成为一个集合体。不光是伟大的思想、牺牲精神、进取心、关怀和理想这些正面的感情,连欲望、忏悔、耻辱、残忍、恨意和怨念这些负面观念都融为一体。仅仅在一瞬间,我窥探到了这种情感的一部分。连绵流淌的潮流中有一道截面,不知是不是一种象征,我看到了一张超越世代不断变化的女人脸。

"女人脸……好突然。"

……我看见了。清清楚楚。

"是一张脸的形象吗?"

……试试看吧,我尽量让你看得更清楚。怎么样,看见了没?

"虽然有些模糊,不过在我的脑海里也出现了一张女人脸。从老年女性到青年女性,不停转换,这张脸简直令人目不暇接。"

……似乎我已经准确地传达给你了。

"不过从她的表情中连一点感情都捕捉不到。为什么是一张女人脸呢?"

……行者窟很像胚胎。穿过龟裂的出口,前面就是一片大海。这让你想到什么形象?

"母亲。"

……没错。我们都是从娘胎中出生的。我们通过母亲来到这个世界,创造出回忆,传递给下一代,然后死亡。

"来到这个世界已经超过了四年,而我们对于生下自己的母亲却从不关心。"

……你不觉得难以想象吗?

"我们现在连高山龙司的母亲是否健在都不清楚,至少应该感兴趣才对。"

……或许记忆的缺失就是丧失兴趣的原因吧。

"那还真是不孝。"

……你能去拜访一下高山龙司的母亲吗?

"你说什么?看到死了的儿子复活回家,你觉得她会高兴吗?"

……当然会高兴。一般来说,母亲都会等着儿子回家吧。

"希望如此吧。"

7

　乘坐电梯降到七楼,穿过大厅往走廊走的时候,一个乘坐轮椅的女人进入视野之中,理绘不禁停止了脚步。为什么会停下脚步?用常识来解释,大概是恐惧心作祟吧,却思索不出到底为何要恐惧。

　坐在轮椅上的女人是过去曾在春菜病房附近看见过一次的住院患者。她略带忧郁的脸庞显得异常苍白,美艳光泽的一头黑发总是打理得十分漂亮。

　她很有可能是那些像是抓住了一根救命稻草般反复拜访春菜病房的癌症患者之一。

　擦身而过的时候,理绘轻声打了招呼,可那女人仿佛根本没看到有人经过,空洞的眼神死死地注视前方,单手推动轮椅,擦身而过。

　女人离开之后,附近仍飘着一股气味。那是理绘从来没有嗅过的、与药味完全不同的奇特气味。一定要形容的话,有点接近含着铁的血腥味。

理绘站在原地,向女人离开的方向缓缓地回头。

她的背部隐藏在轮椅靠背后,从背面能看见的皮肤只有后颈部分。梳成两束的头发从双耳垂下,她的后颈有一块尖锐的凸起,就好像一座山。或许正是因为这形状,让透明苍白的皮肤显得更加显眼了。

她去到电梯边,直角转弯,一瞬间露出了侧脸,很快消失在墙壁后。

直到她完全消失,理绘才注意到自己连呼吸都停止了,这才猛地呼气。

一边走一边做了好几个深呼吸,才把刚才的女病人驱赶出脑海,不知不觉已经到了春菜的病房门口。

理绘敲敲门,仔细静听,然后打开门。

病房里只有春菜一个人,她像往常一样,躺在窗边的病床上,脸正对天花板。

"你还好吗?"

虽然知道她不可能回答,理绘每次来仍旧会打招呼。

走进房间,刚开口,一股同刚才完全一样的气味就钻进鼻孔,已经快要淡忘的那个女人的模样在一瞬间重现。

相比走廊上,病房中的气味更加强烈,相比血腥味,更接近泥土的气味。

说明那个坐轮椅的女病人刚才就待在这个房间里。

理绘来到春菜的枕边,瞧瞧她的脸。

"你明白吗？春菜，是我呀。"

理绘努力避免多说一个词，把今天发生的事情简短地叙述了一遍，又讲到季节的变化和最近的新闻。假如没有语言的刺激，理绘恐怕无法感觉自己存在于这个房间里。

理绘还记得自己能与春菜沟通时的那种喜悦。通过小鸟的嘴传递出的信号好像最优美的音乐一样悦耳，记录在笔记本上时，有一种心灵被洗涤的快感。记录完毕时，那种舒畅的疲劳感也很是难忘。

她蹑手蹑脚地走进病房，期待着那种现象能够再一次出现。"真不可思议呀。没想到春菜发出的信息竟然可以指出大岛行者窟这个特定的位置，我根本不敢相信，因为那和我们根本就是毫无关系的地方。可是那个地方对柏田老师有意义。为什么，为什么你会为柏田老师传递信息呢？"

理绘说着说着，忽而注意到柏田自从前往大岛的行者窟以后，人格就变了。几天前他在这个病房看望春菜的时候，忽而变得极端胆怯，在医院大厅倒地不省人事，又忽然消失不见。前天，在预备学校上课的时候，又发现他的教学方式与过去有些不同。下课后对他指出这些问题，他却前言不搭后语。总觉得他好像是换了一个人。

"为什么？到底是为什么呢？"

她对引发这一切的春菜质问道，抓住她的肩膀摇晃。

春菜的上半身摇晃着，面颊上的肉抖动起来，牙齿咯吱作响。

原本就没期待春菜会有什么反应,只见她的嘴越张越大,紧接着,她的眼角挤出皱纹,嘴巴又再次合上。在理绘看来,春菜就像是打了个呵欠。

睡着了还打呵欠,这很是奇妙。春菜这么想着,把脸凑近观察,春菜的嘴于是正对着理绘的鼻尖又再次开合了一次。这回可以确定她真的打了个呵欠,只见她眉头紧蹙,眼角流出泪水。她又舔了舔嘴唇。

她的双眼已经完全睁开。一直以来一动不动地只注视一个点的瞳孔中冒出了光芒,嘴唇也有规律地动了起来。

"春天的小溪潺潺流淌。"

不光音色优美,连音程都相当标准。她吟唱出了一段词汇。从春菜嘴中冒出的声音是一首老歌的歌词。

理绘忽地感觉房间里的空气都变凉了,全身起了鸡皮疙瘩。

"春菜……你刚才,唱歌了?"

在感动的同时,理绘的眼前浮现出澄澈的春日蓝天下,溪流潺潺风景。

那还是小学时候,两人在郊外的河边散步,春菜的嘴里也出现过同样的歌词,理绘记得清清楚楚。尽管是一首很老的歌,却朗朗上口,也许是因为歌词的第一个字与春菜的第一个字是相同的。

唱完之后，春菜开口说道：

"这是我的主题歌。"

理绘抓住春菜搭在枕头上的手。枕头的材质是慢回弹材料，交握着的双手一点点陷入枕头之中。

理绘明白，春菜的脑海中一定也浮现出了小学时见过的那片景象，所以她才歌唱。假如她的心境是被囚禁在黑暗的空间，就不可能唱出这首包含着两人共同回忆的歌曲。

"再唱一遍吧。"

理绘不希望春菜哼出歌声这件事仅仅是心血来潮或者是偶然之举，她希望春菜只要渴望唱歌，就能够随时唱出来。

……总之，一定要先报告大桥医生。

理绘想：春菜的自发性行为，必须立刻通知给责任医师。正当理绘伸手准备拿起内线电话听筒时，又嗅到了刚才的血腥味。

她被内线电话旁弥漫着的强烈气味触动，很自然地把两件事情联系了起来。

……坐轮椅的女人刚刚来过这个房间。

……春菜第一次唱歌了。

假如说春菜是受到轮椅女人的影响才出现了这些变化，那么，不知这到底是好事还是坏事呢……

理绘伸向内线电话的手犹豫起来，就是因为她的脑海中又产生了新的疑问。

8

乘坐小田急线在相模大野下车,笔直穿过一条大道,又在住宅区的小路转弯,就能看见便利店的招牌。那个招牌就是标志。从便利店转角过去,川口故意放慢脚步,观察着一户一户的姓名牌。走到第三家就发现了"高山瑞穗"这个名字。

《环界》中曾经描述这是一间"面积足有上百坪、但没什么特色的屋子"。可它其实有一处特色,那就是围墙里种着的枇杷树上已经结满果实,压弯了枝条,一直探到街道上。

恐怕只要换个季节,这特色就会失去了吧。

川口难忍枇杷的诱惑,顺手抓住了一个。

昨天晚上的对话唤起了他的回忆。

……超越世代的个人记忆在不经意间复苏,如今又化作无意识的行动。

龙司在这间屋子里居住的时候,也许每年一到初夏就会摘这些枇杷来吃。

川口把伸向枇杷的手收回来,退后两三步,环顾整座屋子。

假如把伸向路边的枇杷树去除掉,这的确是一幢毫无特色的两层木制民房。

从路边看来,二楼只有一个房间,窗口都拉上了窗帘。这几年来,房门紧锁,空气中的沉淀物都渗透进了窗帘布,让窗帘显得沉重无比。

那无疑就是龙司住了将近十五年的房间。

一闭上双眼,川口就能清晰回忆起房间的内部陈设。那是一间和室,其中有两片榻榻米上铺了一层地毯,在一个位置摆放了一张写字台,有一面墙壁都是书架。毫无装饰品,真是个煞风景的房间。唯一起到点缀作用的是证明当年曾经是一名田径选手的奖杯。

云层飘动,遮住了日光。川口的身旁传来物体坠地的扑通声,原本环顾房屋的视线猛地被打断,一回头,只见一名约莫六十岁的女性,目瞪口呆地站着。

她双手捂住嘴巴,视线抬高,显得惊异万分。

女人的脚下是一只装满了超市商品的环保购物袋,看来她是因为太过惊讶,一不小心让手上的袋子摔落在地上。

"小龙。"

那女人呢喃着摘下眼镜,擦了好几次眼睛。

一听自己被称呼为小龙,川口赶紧挤出笑容,低头行礼。

"您好。"

"你该不会是小龙吧?"

"不，不是。"

"真是吓了一大跳。我还以为小龙回家来了呢。"

"把您吓到了，真抱歉。我是龙司小时候的玩伴，我叫柏田。"

"你刚才是不是想摘个枇杷吃？你那样子跟小龙简直一模一样，那孩子总是踮着脚摘枇杷吃。不在院子里摘，偏要跑到外边去。"

听了这名女性说的话，川口立刻把握了当下的状况。

高山龙司在四年前左右死亡，进行司法解剖之后，在这个屋子进行了葬礼。眼前的这个人是附近的居民，一定认识小时候的龙司，估计也参加过葬礼，所以产生了龙司回家的错觉，很是惊讶。

首先要排除她的疑惑。

"我小时候经常来这儿玩，今天来这边办事，觉得很怀念，就顺道来这儿瞧瞧。"

川口一边说，一边提起手中的慰问品给她看。那女人却冷冷地说道：

"这儿没人。"

"不在家吗？"

"不是。自从独生子小龙去世之后，瑞穗就像变了个人。"

"您是说……"

"二十年前左右，死了丈夫的时候，她反倒更加精神了些呢。不过儿子死的时候,她就憔悴得不成人样。不知是不是因为儿子死了,她的癌症也复发了,有一阵子还常去医院。可自从某天开始,人就不见了。"

"是失踪了吗?"

"是呀。"

"那可麻烦了。"

川口作出苦涩的神情。假如不能获得更多线索,来这儿就没意义了。

"有没有可能知道她消息的人呢?"

年长的女性无力地摇摇头:

"不是我乱说,我猜啊,她已经不在人世了。瑞穗这个人也算是个奇人,柏田先生你刚才不是说小时候来过这里吗?那你一定也知道瑞穗这人很奇怪吧?"

到底怎么个奇怪法?实在让人在意。

"是啊,龙司也有点奇怪。"

川口一边口头敷衍,一边默念玄关口门牌上写着的地址。

这原本是一双父母加独生子的三口之家,父亲二十年前左右去世,留在这个户籍上的只剩下母亲瑞穗一个人了。

从她现在的居住地点和姓名能不能查清高山瑞穗这个女人的人生轨迹呢?川口所关注的仅仅是这一点。

9

从山手线的终点站下车,走了不足五分钟,就能找到那间事务所。跟听说的一样,在混居公寓的二楼,一块磨砂玻璃上印着大大的"调查"字样。

昨天晚上,两人对谈所得出的结论就是去委托私家侦探。

川口就不提了,柏田可是受过私家侦探不少好处的,说到底,就连柏田诚二这个好用的户籍也是靠某个侦探才拿到手的。侦探介绍了专业的二道贩子,轻而易举地就换上了一个光鲜的身份。从树海捡来的川口彻的驾照仅限于驾驶小型摩托车,柏田同时拥有普通汽车驾照和大型两轮机动车驾照,还能轻易搞到信用卡和护照,不知好用多少倍。

柏田建议去委托擅长寻人的侦探,川口便接受了这提议。不过问题是,花费也不少。但只要在预备学校里多教点夏季补习班,这也算不上难凑的金额。可是雇佣那些不靠谱的寻人侦探只会浪费大量时间,还不如把自己的血汗钱花在这个领域的专家身上,效率会高得多。最终找到了这家侦探事务所。

由于之前已经电话预约过,所以敲开事务所大门,报上姓名,便直奔主题。

进入一间四叠半的小房间,刚坐下等待,就有一名中年女性进来,在桌子上摆上两杯冰绿茶。

取过一杯茶,只见玻璃杯中的冰块随着融化旋转起来,带动折弯的吸管指向门口。就在此时,一个男人出现了。前前后后刚好过去三分钟。

那男人很高,身材矫健,与社会上称之为"侦探"的形象相去甚远。他穿着笔挺的深色西装,显得十分整洁,乍看像个很有才干的业务员。或许衣着光鲜会更有助于调查。

他露出得体的笑容,低头递出名片,接着坐在桌子对面。

名片上写着"真庭孝行"这个名字,头衔是"调查员"。

"您有什么需要呢?"

他一提问,川口就取出一张印有姓名和现在住址等必要信息的资料:

"我想知道这个女人的消息,想知道她现在究竟在哪里。"

听到川口的回答,真庭瞥了一眼纸上的文字,探出身子说道:

"您能告诉我找这个人的目的吗?"

他想知道川口为什么想要寻找高山瑞穗。

"有必要告知目的吗?"

川口用反问回应提问。只见真庭缓缓挺直上半身，表情柔和地说道：

"因为信赖关系是很重要的。"

"谁和谁的信赖关系？"

"身为委托人的你和负责调查的我。也许您会认为我是个伪善者，但我想做的是帮助人的工作。如今这个世道上，大多数侦探为了钱，多脏的事情都会去干。假如挑三拣四，就别想养家糊口了。不过我不一样，这份工作就是我的生存价值。只要我感到调查的内容能够对委托人有益处，我就能充满干劲。当我顺利完成的时候，我就能获得充实感。反过来，假如我调查出来的情报有可能被人用来作恶，我就会失去干劲，丧失对工作的追求。"

"利用信息来作恶，指的是什么？"

川口随口问道。

"我不想打这个比方……假如说，您对高山瑞穗这个女人怀恨在心，您一直在寻找报仇雪恨的机会，可是就在千钧一发之际，她逃跑了，行踪不明……或者说，您去讨债的时候，她逃之夭夭了。这种事情经常发生。逃跑的人也有诸多不得已。您通过我的调查知道了她在哪里，就相当于我害了那个人，我半夜都会睡不着觉。我不想让自己的工作成果被用来犯罪上。您明白了吗？"

不论是哪份工作，都有人希望能通过它来实现自我价值,这一点可以理解。但川口还是摸不清真庭有何真意,不知哪些话是演戏,哪些话才是真心,他这是在营造一种高深莫测的气氛。

对方刚开口就要求知道调查高山瑞穗的正当理由,川口真是做梦都没想到,一时词穷。

她是我的亲生母亲,但我已经没有关于母亲的记忆,所以很想知道。川口好不容易才抑制住说出真相的冲动。

假如调查开始,毫无疑问地,他一定会发现高山瑞穗户籍中的疑点,上面记载着独生子龙司已经死亡的信息。那就与自己的说辞矛盾了。

一时之间,必须编造一个十分合理的故事出来,可川口什么都想不出。为什么自己要去查清一个女人的人生轨迹?想要毫无矛盾地让对方全盘接受,真是难上加难。

真庭的双眼中射出看透人心般的冰冷视线,仿佛在挑衅:来吧,编造一个让我可以接受的故事吧……

墙上时钟的秒针催促着川口,他迫不得已开口:

"高山瑞穗,是我的母亲。"

一听到这句话,真庭的眼睛开始发光:

"想要寻找失散的母亲……是吗?"

"没错。"

"真是个好故事,催人泪下呀。"

"启动调查的话,先要从哪里开始?"

"先去派出所找到她的户籍副本、附件、居民卡，这也叫做寻人的三件套。蛇行蛇道，这是很简单的道理。"

"你拿到户籍副本之后，打开一看，就会发现她的独生子龙司已经被开除户籍了。"

"开除户籍的理由是？"

"死亡。"

具体信息越透露下去，真庭眼神中的光点就越来越大。

"莫非您就是那个已经去世的儿子？"

"你猜得没错。"

"真有趣，我好像有了些干劲。请继续说。"

故事为什么会如此发展？实在让人摸不着头脑。四年前就死了的儿子忽然出现，委托侦探去寻找母亲，实在太过于荒唐可笑了。对方即使当场发怒也无可厚非。可是真庭仍旧盈盈笑着，显露出十足的好奇心，一副兴致盎然的样子。

到底该讲到什么程度呢？尺度变得非常重要。对方的策略也许是：你能说多少就说多少，等我听够了再来嘲笑你。

"我在四年前掉进海里，被黑潮冲到了很远的地方，奇迹般地被渔船救起，可以说是九死一生，这体验也够少有的。因为差点溺死，受到的打击太大，失去了记忆。我身上只剩一条泳裤，根本没有任何提示身份的线索。我的家人因为捞不到尸体，判断我已经溺死，就交了除籍申请。我自己却申请了新的户籍，成为了另外一个人，生活到现在。可是，有一天我偶然与过去的熟人相遇，他告诉我，我就是高山龙司。几天前，我去了一趟老家，可是经过了四年，家里空空荡荡的，一个人都没有。所以，我想知道母亲现在人在哪里，她现在过着怎样的生活，只要知道个大概就足够了。我想找回自己对母亲的回忆。"

随着川口的说明，真庭的眼神渐渐失去了光泽。

听到这种好像用八卦周刊桥段拼凑出来的唬人故事，他完全不掩饰自己的失望。他一定期待着能够听到一个闻所未闻的新奇故事呢。

但是，对真庭来说，至少在某些部分是藏着一些真相的。比如曾经死过一次、丧失了记忆、换了一个身份继续生活……归结下来，至少这三点是实话。想到这里，他打算让这个故事到此为止。

真庭撑着下巴，抬头看向天花板，用铅笔头敲打桌面，作出一副深思熟虑的样子。

"您曾经看见过死亡的深渊吧？"

"是的。"

"您觉得恐惧吗？"

"不。"

"您的意思是，死亡并不可怕？"

"对于死亡本身，我并不害怕。"

"那么，您害怕的是什么？"

"被定性为死亡后的另一层意义。"

"意义……真的很重要吗?"

"不论你经历过何等人生,只要你被定性为死亡,那就无法挽回了。"

"我在这条道上已经混了二十五年,当然也和地下组织打过交道。某个从监狱出来的人给我讲过一个故事。他在黑帮争斗中跟同伙们设计把敌对组织的成员绑架回来了,迫于情势,最后不得不撕票。男人就是愚蠢,在这个节骨眼上,他们竟然开始比试胆量。他们全都不愿意被当作胆小鬼,实在骑虎难下,最终暴虐程度骤然升级。结果是那个被绑架的男人被一下接一下地殴打致死。他描述得细致入微。我觉得这种死法真是可怕到了极点。你却说死亡不可怕?"

"我只是讨厌从生到死的过程而已。死亡本身就像是飞跃一条边界,可以说是一种飞翔吧。痛苦只是大脑中化学反应所带来的信号,并不是真实存在的。我打个比方,就像麻醉。你就能理解了吧?"

"那么,请回答我一个问题:对您来说,最讨厌的死亡方式是什么?"

"比如说……对了,被人诬陷为幼女连环杀人犯,然后被处以绞刑。"

"为什么?"

"我将最大程度地背负来自无数人的诅咒、蔑视、憎恶、怨恨,所以这是最具有侮辱性的死亡方式。"

"原来如此。"

"假如还是一桩冤案,那就更令人讨厌了。"

真庭一口气喝下了半杯绿茶,然后将眼神转回,从褐色信封里取出调查资料。

"我明白了。我还想确认一件事……高山瑞穗女士真的是您的母亲,对吧?"

"没有错。我再补充一句:我曾经死过一次,我已经丧失记忆。这两件事也是真的。"

"我在电话中已经告诉过您,我需要一些准备金。您今天带来了吗?"

川口取出装有对方事先要求金额的信封,放在桌子上。那笔金额相当于普通工薪族两个月的薪水。

"请确认。"

真庭并没有确认纸币的数额,就把它装进褐色大信封,接着递出一张合同。

"假如您所需要的情报全部顺利地调查完毕,那么您还需要支付成功报酬,可以吗?"

"当然了。"

"给您个优惠价吧。"

"优惠价?"

"成功报酬我就不收了。只不过,假如我提供的信息让您感到满意,请把真相告诉我,告诉我有关于您的一切。假如您愿意对我说真心话,我也会加倍专注地投入到工作中。您怎么看?"

"你为什么会这么想?知道了我的故事,对你又有什么好处呢?"

"这个世界上有很多事情比挣钱重要得多。我想要接触其他人都无法触及的神秘事物,您身上围绕着一种不属于这个世界的氛围。我很想知道其中的原因。"

"我看上去真是那样?"

"是的。"

"你这么形容,我还是第一次听说。我从来没有被其他人这么说过。"

"这是当然的。在看人方面,每个人的阅历完全不同。在我看来,大部分人都是有眼无珠。"

只要告诉他真相,就能省去一笔成功报酬,这条件真是从没预想到。如果真庭的信条真是不为钱只为真相,那么与他定下告知真相的约定,可能会让他在调查的时候更有动力。

"我明白了。到你成功的那天,我会把所有的真相说给你听。"

川口也心知肚明,那些胡编乱扯的故事已经不管用了。

或许真庭认为对于人类最有用的就是高质量的信息吧。靠调查为生的真庭在这方面的意识尤其敏感,为了知道那些无人知晓的宇宙秘密，他一定会不吝惜金钱。

也就是说，真庭已经隐隐地意识到，坐在眼前的这个男人就是一个"稀人"。

这反证了真庭的眼光是如此之准。

10

只是从车站前走到医院大厅,衬衫就已经汗湿到了前襟。或许因为穿着黑夹克,柏油路上的热量被吸收到身上,几乎要把全身融化。

明明才上午,气温就猛然上升了。天气预报所说的"酷暑"果真应验了。

看到入口处旋转门前停着一排空出租车,川口才想起,自那天以后还是第一次来医院。

自从在医院大厅发现柏田并带他回家的那天开始,川口和柏田就过上了奇妙的同居生活。最近,自称柏田的次数比自称川口更多,预备学校讲师的工作也安顿了下来。

要是柏田的意识就这样回不来了,那就把行动不方便的川口彻这个身份抹去,换成柏田的身份,开始摸索新的生活方式。为了这个目标,首先必须把分裂为两部分的人格合而为一。

因此,在上周末,川口就有意识地前往伊豆大岛,到热海一带旅行。他要将柏田所见过的景物牢牢印刻在自己的视网膜上。

最初前往的就是大岛东岸的行者窟。他循着柏田所说的道路来到行者滨，只见悬崖边的小道尽头挂着禁止通行的标志，还围上了铁栅栏。川口无视警告，翻过栅栏，步行到洞窟位置。的确有崩落的岩石把洞窟入口彻底封堵了。从裂缝向洞内看去，显得尤其昏暗。川口未能见到行者像的尊荣就折返回去。

到达差木地之后，川口在山村庄住宿一晚，感谢山村敬寄来长信，又与源次见了面，详细聊了聊山村志津子和贞子母女的事。

从元町渡过热海之后就前往函南方向，到达南箱根太平洋乐园，钻进比勒圆木小屋B-4号楼地板下，确认了水井仍然存在。

就这样，川口一路沿着柏田走过的路线进行亲身体验，通过共享同样的景象，两人的对话变得越来越默契无间。

尽管以柏田的身份经历的时间越来越长，但直至今天，他仍是以川口的立场来到这个医院的。

医院的理事长是川口的老熟人，今天来医院，是因为某位住院患者传来了讣告。

川口在入口前停下脚步，再次提醒自己今天到底是谁之后，才接着向前迈步。

透过玻璃墙可以看到许多人在医院里走动,还以为里头会闷得喘不过气,没想到一穿过自动门就进入了一个凉爽的空间。空调的效率着实厉害。

药房上方挂着一台钟,时针指向上午十点零五分。接到电话后不到一小时,川口就已经到达。先向预备学校请假,然后赶到这儿,他的动作已经相当快了。

来到总服务台,川口询问自己要去的房间在哪儿。向导露出惊讶的眼神,翻开医院平面图,仔细地指出路线。

川口根据指引在走廊上穿行。他要去的是普通患者极少前往的地方。越是靠近,人影越是稀少。不知是不是心理作用,觉得连天花板上的灯都减少了几盏。不一会儿,走廊上的人影就只剩下他一个,照明也从白色荧光灯变成了暖色调的筒灯。

或许是因为汗水已经干透,带走了皮肤上的热量,川口觉得空调的威力有些过于强劲了。

走廊尽头的体感温度与外面的温度差别过大,站在那扇看上去很重的大门前,川口就把酷暑抛之脑后了。

看了看门牌上的名字,川口知道这就是他的目的地。综合服务台的向导刚才用低沉嗓音告知川口的"冷暗室",在此变回了原来的含义。

……灵安室[①]。

[①] 即太平间。日语中的"冷暗室"与"灵安室"发音相同,川口听错了。

这是安抚死者灵魂的房间吗？抑或是安置并安抚从遗体中脱离的灵魂的房间呢？凝聚现代医学结晶的大型医院中，有一个角落，笼罩着神秘、灵妙的气息。

很显然，里面有人。川口敲敲门，等待开门。他根本不想亲手去开这扇门。

开门的是一个年轻护士。川口在几道眼神的注视下，溜进房间内。门因为自身的张力，自然地关闭了。

一股焚香的气味猛地钻进鼻腔。一侧墙壁旁架起的祭坛前点着几支线香，细细的白烟向上飘散。

在遗体前面，站着一个只到担架床高度的幼女。她明明感觉到有人进入房间，却一动不动，只是一直盯着盖着白布的女人面孔。从她的背影判断，柏田很快明白她就是小茜。现在有资格待在这个房间的只有刚到三岁就变得孤苦伶仃的小茜了。她甚至还不能完全理解母亲的死亡，紧张与不安凝缩在她小小的脊背中，令人尤其痛心，有一股想要冲上前将她抱紧的冲动。

"这边请。"

护士并不是催促川口上前拥抱，而是去上香。

前往祭坛点上一支香后，他在遗体前双手合十。

想要祈祷，却想不出任何词汇。心里变得空空如也，不过仍旧轻轻地对她说了几句话。

……我们，应该再多谈谈的。

作为有着相同境遇的人，本应该感同身受，可自己对她实在知之甚少。还没能弄清她的本意到底是什么，真砂子就去世了。

……说句实话，我根本不知道你在想些什么。

想说的话到此为止。虽然还想让对话的时间再延长一些，可她平时就这么沉默寡言，从不直抒胸臆。

眼前的这具遗体也暗示着自己在不久的将来的命运。他们两人都没有被赋予享受平凡生活的资格，至少在这一点上是一致的。不久的将来，会有类似的死亡降临，并且无法避免。

双手合十默祷到一半，视网膜感受到正面射来一道光芒，与此同时，一股热风吹进房间。不用睁眼也知道，正面的大门被打开了。

川口没有回头也知道，自己背后是那扇刚才经过的大门，而这次打开的，是他前方的另一扇门。那是用来把遗体运往外面停车场装进灵车的专用门。

面积不到十叠的一个房间竟然有两扇门，一想到这个结构，就让人产生这个房间是行刑室的错觉。行刑室也是有两扇门的房间。

灵安室的功能是用来将在化妆室打扮好的遗体暂放，安放在祭坛之前，让相关人员上过香后再运送出去，装上灵车。

行刑室里也有带佛像的祭坛。死刑犯站在祭坛前悔悟罪过，然后被多名狱警押上一片地毯的正中央，在脖子上套上绳结，等待最后的一瞬间。随着狱警发出某个信号，铺着地毯的那片地板就从四个角的方位裂开，死刑犯身体下坠，颈骨碎裂，当即毙命。房间一角的排水管将满是污物的遗体用水冲洗干净，整理完毕之后装进棺木，从另一个出口搬运出去。

棺木中死刑犯的那张脸与自己的脸重叠起来的时候，不知从哪里传来了"龙司"的呼喊声，川口赶忙拂去自己的妄想。

向外打开的那扇门口，站着一个男人。

他站在入口的一角挥手，那是一个老朋友。

川口结束默祷，绕过担架床走到外边，突然感觉一股眩目的日光，他赶忙用手盖在眼睛上遮挡。从冰冷的暗室来到酷暑之中，就像胶卷的负片一瞬间转换成了正片。

等在门外的是龙司在医学部时期的同学安藤，听说他在岳父引退之后刚刚接手成为医院的理事长。

"龙司，你总算来了，好久不见。"

"别叫我龙司了。以后我准备用柏田诚二这个名字生活下去。"

"柏田……我记得你以前是用其他名字的。"

"反正你也不记得。"

"对我来说，你就是龙司，除此之外，谁都不是。"

安藤指示员工把遗体搬运到灵车，又推着川口的背，带他去阴凉处。

"今天早晨开始,身体状况突然有变。"

"我也知道这一天总会来的……那么,死因是什么?"

"肺炎。肺泡上起了炎症,先是呼吸功能不全,最后导致低氧血症死亡。"

"死亡时间呢?"

"今天早晨七点二十四分。"

"真砂子原本是免疫系统有问题。是受免疫的影响吗?"

"免疫能力的低下带来了免疫缺陷,恶性循环。"

"我也会变成那样吗?"

"我说不准。男女在激素分泌方面不同。"

"不论如何,我看来是不可能寿终正寝了。"

"你不能寿终正寝,我这边就麻烦了。"

"你不是因为担心我才这么说的吧?"

"是作为父亲的祈愿。"

"死的时候,真砂子痛苦吗?"

"不,没有痛苦,走得很安详。"

"这是仅有的救赎了。"

短短四年里,真砂子几乎是和疾病共同度过的。她原本就有免疫缺陷,得了多发性骨髓肿瘤,腰部的骨头因此溶解,无法行走,没有轮椅就寸步难行,哪怕再小的感染都需要加倍注意。

今天早晨接到她因为肺炎死亡的消息,比起震惊,更多的是一种"总算到了这一天"的感觉。

没有痛苦,安详地离开,比什么都好。

"不过,唯一的留恋就是……"

从安藤的视线方向望去,装着遗体的担架床已经被装进了灵车。跟在后面跌跌撞撞行走着的小茜一定无法理解灵车上的母亲身上到底发生了什么变化。

"小茜吗?"

"你要是能把她收养下来,我就对你刮目相看了。"

"不可能。我没法好好养育她,我也是个缺陷品,你再清楚不过了。"

"你至少是一名父亲嘛。"

"说不定是你的孩子呢。"

"不,不可能。这不符合计算。"

"她能依靠的只有你了。"

"我刚好也想开设一个托儿所。不过,总有办法的……"

"拜托了。"

"就让小茜成为我们托儿所的第一号吧。"

"感激不尽。"

"你要是改变了想法,随时跟我说,我还能教你带孩子呢。"

"看来照顾孝则积累了不少经验嘛。他还好吗?"

"托你的福,又有了一个妹妹。"

"家族添丁,又晋升理事长,一路顺风。太羡慕你了。"

"这也多亏了真砂子。我真的很感谢她,承担了母体的重任,让我珍视之人得以重生。这是只有继承了贞子的全部遗传信息才能达成的奇迹。"

借高野舞的身体重生后的贞子化名为真砂子。真砂子在这个世界上生存的几年间,几乎只起到了子宫的作用。

装着真砂子的黑色灵车从混凝土建造的长方形区域缓缓移动过来。

转弯离开停车场的时候,只听见车内传来了砰的一声。也许是因为担架床偏移了,身体的某个部分撞到车上。

但又不是肉体碰撞的柔软声音。

这未曾预想的硬邦邦的碰撞声让两人大吃一惊,他们一齐望去的同时,灵车从视野中消失了。

川口询问之后的安排:

"真砂子只有小茜这一个亲人。办完简略的葬礼之后就会火化,没人操办后事。"

"没人操办……简直就像是路人。"

"我们开车送她到葬礼会场吧。你能在入口的旋转门那里等我一会吗?我把车开过去。"

"明白。"

暂别安藤,川口穿过灵安室来到走廊,准备回医院大厅。

从迷宫尽头走向大厅，路线与来时正相反，空气又开始流动起来，杂音越来越多。可以听见护士与患者隔着检查室的前台在聊天，也能听见在自动取款机前排队时偷偷讨论该用哪张卡的夫妻对话。

景象和声音都恢复到了普通医院的日常状态。大厅一角的楼厅中传来轻快的歌声。

"春天的小溪潺潺流淌。"

高昂通透的嗓音唱着不合季节的歌曲，对这首歌有反应的不仅仅是川口。排队结账等着取药的外来患者、拄着拐杖进来的住院患者、边走边谈的医院职工……几乎所有人都若有所思地抬起头，左顾右盼地寻找歌声来自哪里。

抬起头就能立刻确认唱歌的人是谁。一楼大厅的自动扶梯向上有一片透明栏杆围成的小广场，一名坐在轮椅中的女人，正站在那里俯视大厅，朗朗地歌唱着。她的身后跟着一名看似母亲的中年女性。一张意气风发，脸颊粉红的年轻女性面孔，背后配上一张完全没表情的中年女性面孔，从斜下方的角度向上望去，两人的面孔几乎处于等高位置，阴阳两种表情，对照无比鲜明。

那女人继续歌唱：

"流向虾群和青鳉，在一群青鲫中……"

她所唱的是文部省教科书曲目中《春之小川》的第二段歌词。

唱到"流向虾群和青鳉，在一群青鲫中"这句歌词的时候，她似乎还露出了嚣张的笑容，有一种睥睨下方所有人的感觉。听到这歌词，令人觉得自己就像是那群青鲫中的一条。有这种想法的恐怕不止川口一人。

假如说那是个脑袋发晕的年轻美貌女病人，一大早唱首歌给人提提精神，倒是让人忍俊不禁。可是她故意站到高处，摆出俯瞰一切的姿势，让听到歌曲的人觉得很不吉利。

那女人接着唱：

"今天也在向阳处，游泳戏水一整日。来玩吧来玩吧，且听我细细说。"

想要在水中畅游，就趁现在，来吧，快来痛快地玩耍吧。歌词中似乎还有一层言外之意。

感到呼吸不畅的不止川口一人。大厅中所有人都停止了对话，暂停手上的动作，屏息凝视二层楼厅的中央位置。

"柏田老师……"

伴随着一股热风，传来了女性的嗓音。

直到刚才还被人叫做龙司，要再次代入柏田这个角色需要花一小段时间。他缓缓回头，只见理绘站在身后。她刚穿过入口的自动门进入大厅，额头上还留着汗水的痕迹。理绘惊讶地继续问道：

"老师，您来这儿干什么呢？吓了我一跳。今天我接到春菜母亲的电话，所以刚来……"

此时,二楼的那名年轻女性突然从轮椅探出上半身,对着理绘挥起手来。相应地,理绘也一边挥手,一边轻巧地蹦跳了两次。

"老师,出现奇迹了!春菜她醒了。"

演唱《春之小川》的正是理绘所说的春菜。患有酷似嗜睡性脑炎后遗症而长时间昏睡的春菜醒来了?

"她是什么时候醒的?"

"今天早晨。"

"今天早晨几点几分醒的?你知道吗?"

"我接到她妈妈的电话时,刚过七点半,估计就是在那之前。"

真砂子的死亡时间是今天早晨七点二十四分,时间刚巧吻合。真砂子的死亡时刻与春菜从沉睡中醒来的时刻完全一致。

由此推导出的结论只有一个。

刚才在场所有人所听见的,是获得全新肉体之后那种欢喜的歌声。

真砂子的灵魂成功脱离了那身满是缺陷的皮囊,进入了新的肉体。不,进去的不是真砂子的灵魂,而是暂住在真砂子的肉体中、一直虎视眈眈寻找全新肉体的贞子。她一直都在等待一个符合自己的需求、一个朝气蓬勃的年轻的肉体,看准时机侵入进去。她化作一个蛹,蛰伏许久,终于蜕皮变成成虫。

……恰似蛇的蜕皮过程。

现在正被灵车运走的真砂子,对于这条蛇来说不过是一层皮。

春菜的大脑已经被成百上千的海德拉毒蛇缠绕。

隐藏在春菜肉体中的恶魔夺取了她的细胞,创造出病毒,让病毒繁殖,积累起可以扩散到整个世界的力量。

从古至今,连绵不绝的恶魔一族,一次次改头换面来到人间,在不同的时代呈现出不同的形态。简单用病毒来形容的话,有时是黑死病,有时是天花,有时是艾滋病,有时是西班牙流感①,有时可能是录像带……

被春菜呼唤的理绘向通往中间二层的自动扶梯跑去。

"等等!"

川口伸手阻止,但理绘已经与川口擦身而过。

---

① 黑死病又称鼠疫,病死率极高,在全球曾有多次大流行,约有2亿人感染至死。天花病毒为痘病毒的一种,人被感染后无药可治。欧洲殖民者于16世纪末进入新大陆时将天花患者用过的毯子送给印第安人,导致美洲大陆1亿土著居民仅剩500万到1000万。艾滋病病毒攻击人体免疫系统,破坏淋巴细胞,使人全身衰竭至死。西班牙流感在1918年至1919年造成全球10亿人感染,仅西班牙就有约800万人感染至死。以上皆为人类历史重大传染病病毒。

11

　　来到事务所后的招待顺序，三次都一模一样。

　　敲门进入事务所，穿过小房间，喝着冰绿茶再等三分钟，衣着光鲜的真庭就会出现，缓缓地坐在委托人的正对面，然后把手中的信封在桌上摊平。

　　不同的是信封中的内容。第一次是写着侦探事务所规则的说明书，第二次是有关"高山瑞穗"生平经历的报告书，而今天这次，应该会得到有关龙司出生前后的详细信息吧。

　　真庭把信封放在桌上，双臂抵在信封上，"嗯嗯"地若有所思，还闭上了眼睛。

　　"是什么坏消息吗？"

　　看他满脸阴云，显然是坏消息的预兆。

　　"我该说什么好呢？高山瑞穗这个女人耐人寻味，而你更加耐人寻味。我预想的完全没错。"

　　上次来到这儿的时候，真庭把高山瑞穗这个女人半辈子的大致经历整理成了报告交给川口。

1925年出生在东京平民区的小田切瑞穗,在停战那年的大空袭中几乎失去了全部家人,战后在驻军区的咖啡馆打工谋生。产下独生子龙司之后,与国铁职员高山昭三结婚。龙司后来考上了著名大学,尤其在理科上发挥出优秀的才能,一直保持最顶尖的成绩。龙司读大学时,一直兢兢业业的父亲昭三因为交通事故死亡,事故的责任完全在对方身上,因此获得了巨额保险金与遗属补偿金,母子二人并不愁用,但是瑞穗不甘于这样的生活,她在职工宿舍做管理员,努力赚取儿子的学费。因此,龙司才得以进入著名大学的医学部。毕业之后,龙司并没有走上医生的道路,而是转攻数理哲学,走上了研究者的道路。他成为大学讲师后没多久,便死于非命。

瑞穗因为失去独生子而大受打击,罹患乳腺癌。切除肿瘤后初期曾接受过抗癌剂治疗,然而因为某种原因,她放弃治疗,行踪不明。

从第一次报告中得知,高山瑞穗这半辈子称不上幸福。别说幸福,她还失去了亲手拉扯大的儿子,体会到了身为母亲最深的不幸。

瑞穗现在还活着吗?假如活着,会在哪里呢?关于这些消息的调查,将会在之后继续调查。

另一方面,关于龙司出生的时期,在时间点上并非完全一致,有必要对这一点进行进一步挖掘。这次只是关于两方面后续报告的第二回面谈。

"那么,我们就依照时间顺序,一个个地消除疑点吧。"

真庭先发话了。川口重重地点了点头。不论结果多么令人惊讶,他都有了承受一切的准备。毕竟他在户籍上已经是死人,没有什么无法接受的事实。

"上次我们指出的问题点就是——高山昭三到底是不是你的父亲?假如不是,那么你的生父是谁?从户籍副本来看,很清楚,龙司出生三年后,瑞穗才与昭三登记结婚。先生小孩后结婚,这情况并不少见,可前后相差三年,这差距未必太大了。

"想从户籍副本上查出龙司的生父是谁非常困难,至少从文件内容来看,昭三是龙司生父的可能性非常渺茫。因为手写的户籍副本上还留有一些修改的痕迹,这只是推测而出的结论。于是,我寻找了他当时的同僚……几乎都是一些退休的新干线公司职员。通过问话发现,昭三果然曾经对关系密切的好友透露过自己与儿子并没有血缘关系。我获得了多份证言,不会有错。

"也就是说,瑞穗在未婚状态下生下了龙司,独自养育三年后,才跟与龙司毫无血缘关系的昭三结婚,从而使昭三成了龙司在户籍上的父亲。虽然户口簿上没有明写,但佐证了这一事实。

"那么龙司的父亲是何方神圣呢?这方面的调查主要通

过询问瑞穗的熟人和朋友进行。瑞穗在十九岁时遭遇了东京大空袭，家人朋友几乎都失散了。我探访了她在战后某咖啡厅工作时的同事，也没能得到想要的证言。对龙司出生的前一年深入调查，我发现瑞穗根本没接触过任何男人。可毕竟生了一个孩子。仔细想想，至少应该有一个深交的男人存在才对，却找不到。

"我能想到的只有一种可能性：一个萍水相逢的男人。"

"萍水相逢的男人……"

真庭在措辞上尽量避免贬低龙司的母亲，可这个无影无踪的男人突然变成了龙司的父亲，让人很是惊讶。他才是来自异世界、完成任务之后就消失无踪的真正"稀人"。

"假如这个萍水相逢一夜情的男人真是龙司的父亲，那我们就束手无策了。根本找不到吧？"

"我们没必要去找他。"

调查的目的并不是寻找父亲，而是瑞穗在人生中经历了什么，她现在身处何方，仅仅是这两点。

"我明白了。那么，我们转到关于瑞穗的疑点。很奇怪，瑞穗的性格在产子之后有了很大的变化。当然这也并非没有先例。有很多在产子之后改变生活习惯的女性，有些人或许是因为母性觉醒，过上了戒烟戒酒，不再夜游的生活……可是瑞穗在这方面显得非常极端，很难完全归结为性格的变化。

"您想想，龙司在小学时候被称作神童，他有数学方面的天赋，听说在高中一年级时就有远远凌驾于数学老师之上的能力。我从龙司母校的老师口中亲自确认了这个事实。

"但是——我也许说得不够得体——瑞穗的头脑并没有那么好，她的最高学历仅仅是高等小学……也就是小学毕业。当然，那是战前时期，有许多因为家庭关系未能成功升学的优秀儿童。可是瑞穗都不符合这类情况，实际上，我发现她并不擅长学习。当然，人类的学习能力并非完全由遗传获得，受环境的影响也相当大，鸡窝里能飞出凤凰。我们暂且搁置这点不谈。我最为在意的是：她的整个生活环境发生了彻底的变化。

"瑞穗是在东京的平民区深川出生的。但是，产子之后，她搬到了多摩、八王子这些地区，全都是东京西南方的居民区。一般来说，人不太愿意远离自己熟悉的生活区域。假如搬走，就需要相应的理由。要么是她对东京平民区没有感情，要么是在故意躲避这些区域。

"其他的疑点也很多。毫无疑问，她产子之后变成了另一个人。生产前的瑞穗是个有着情绪化、爱打扮、行为乖张的人。但是在生产后突然成了一个朴素坚强、为了儿子吃苦耐劳的母亲。"

尽管瑞穗的半生中满是谜团，但这些疑问只需找出本人问个究竟就能够解决。

"那么,有关高山瑞穗的行踪,没有别的线索了吗?"

"根据现状判断,没有发生谋杀、绑架之类与案件相关的线索。她既没有仇家,也没有男性关系或债务上的麻烦,就连税金都未曾滞纳,是个纪录清白的人。"

"警方采取过行动吗?"

"警察是不会为了这种案子采取行动的。虽然瑞穗几乎没有什么熟人,但仍旧告诉邻居她是去长期旅行。想必警察和行政都不愿意为了疑似孤独致死事件而采取行动。"

"她的目的地是?"

"她没说去哪里。"

"失踪的时间已经确定了吧?"

"去年春天。"

"春天有什么特殊含义吗?"

"我不确定。不过,她这种行为很值得我们思考。我曾经接触过不知多少失踪案子,也曾经帮助过希望失踪的人,理由各有不同,最多的就是苦于债务;其次是男女感情纠葛;还有对人生产生厌恶、想要从头来过的人。不过,以瑞穗的情况分析,一名独居老人不告而别,很容易让人联想到她可能是去寻找安心死去的地方。

"即便如此,我们也不能说已经无计可施。瑞穗的晚年可以说疾病缠身,既然她很有可能携带保险证离开,那么只要她在外使用过保险证,就能查出地点,只要去派出所查看一下国民健康保险的处方笺就行了。或者我们可以去NTT①查一下她在出行之前的通信明细表,找出她频繁通话的对象,就能确定通话对象在哪里。"

"看来也有信仰了新兴宗教的可能性。"

"这也是常有的情况,解决起来还相当棘手。不过从瑞穗身上却根本查不出加入新兴宗教的迹象,只不过……传统宗教也并非完全不可能。她既然是想死得其所,那么也有可能委身寺庙或者修道院。在这些地方,至少能保障衣食住这些最低限度的生活条件。

"关于瑞穗具体在哪里,我还在专心调查,请您再等一阵子。"

他的意思是:到了这个地步,我能干的都干了。

"拜托你了。"

川口只能老实低头。

"话说回来,我还有一个提议。"

真庭一本正经地摸摸下巴。

"什么?"

"您自己能否稍稍行动一下呢?"

"你是说让我来协助调查吗?"

"没错。有一个地方可能隐藏着许多我想要的信息,可

---

① 日本最大的电信服务提供商。

我却没法触及。"

"是哪里?"

"高山瑞穗家。"

"原来如此。"

"家里可能会有相册、账簿、手写笔记、日记、各种设施的使用明细表等等,一定存有无数我们想要的东西。可是我进不去。假如被警察发现,就是入侵私宅罪。我们有时的确会进行一些强硬的调查,但是会尽可能避开警察的耳目。"

"难道叫我打破大门闯进去?"

"您放心吧,有备用钥匙。我已经询问附近的居民,确定了钥匙在哪里。外门左手边就有一棵枇杷树,树后面有个小小的仓库,打开拉门就能找到大门钥匙。她本人还以为没人知道,可邻居从窗户向下望时早就推测出了备用钥匙的所在。说不定能很轻易确定瑞穗去哪儿了呢。"

"也就是说,让我用备用钥匙进入屋子里?"

"没错。"

"我没有异议。"

"这也是我偶然想到的。你在户籍上仍旧是这栋屋子的住户,就算你进去,也不算非法入侵。"

"可是,如果有人报警,我被警察抓了。在派出所受审时我自称是长男,结果警察发现我已经死了,那不就更麻烦了吗?"

"这有什么好麻烦的呢?不是很快就到盂兰盆节①了吗?"

真庭说着,上半身陷入椅子的靠背中。

"盂兰盆……"

川口无言以对。

"已经死去的儿子变成幽灵回到老家,用备用钥匙进入屋中,徜徉在令人怀念的物品之间,沉浸在回忆之中……不是很风雅吗?"

真庭看上去一点都不像是在说笑。

---

① 又称日本的鬼节。

12

　　川口一边留意周围的动静，一边在住宅区的小巷中行走。正午之前的时间段里，上班上学的人很少，只偶尔会看见拎着购物袋经过的家庭主妇。

　　确认邻家没有人从二楼俯视自己之后，川口趁小巷中没有闲杂人经过的瞬间，迅速进入院子，向左转。踩着落满一地的枇杷果实往前走，拉开仓库门，伸手去摸，能摸到一根粗糙的生锈钉子。跟真庭说的一样，钉子上挂着由细绳系着的一把钥匙。

　　取下钥匙来到大门口，插进锁孔一转动，门锁就轻易被打开了。

　　川口打开门，轻巧地往门里一闪身，顺手从后边把门关上。

　　从入口前的小巷到屋子里，花了不足一分钟。

　　这是从刚上小学一直到大学二年级都住惯了的屋子。三年级的时候，尽管从这屋子到学校的路程并不远，母子二人还是分开居住了。龙司离开家，在大学附近租房生活。从那时到现在，已经不知多久没回家看看了，根本把握不住流逝了多少时间。离开这里之后，他又在异世界彷徨了许久，终于回来，说是隔了几十年重回故居也没什么不妥。

或许是因为在这里度过了青春期，川口对屋子里的臭味毫不在意。进入玄关的瞬间，因为闷热而酿成的腐臭气味就扑面而来，可是因为有高山龙司的DNA，他反倒觉得十分怀念。这屋子里的一个个元素都给细胞带来刺激，似乎能引导出未知的信息。

在地板框前脱下鞋子向走廊方向走去，地板咯吱作响。从楼梯走上二楼的时候，脚底充分感到地板的弯曲形态。每走一步都能感受到脚底的不平稳，这屋子的特点早就熟悉得不能再熟悉了。

二楼是龙司从小学到大学一直独自生活的区域。

一进去便闷热难当，汗如雨下，可又不方便开窗。

这间八叠大的和室，靠窗一角铺着两片铺席大的地毯，上面摆放着写字台。一整面墙都做成了书架，里面塞满了书籍，有几本就快要掉落下来了。

壁橱前摆放着一个大纸箱，是龙司死后从他东中野的公寓整理后运送过来的，里面堆满了家电产品。

虽然床和桌子这些大件家具都已经被处理掉，但是龙司的原稿之类全都被装进了大纸箱，作为遗物送回家中。

胶带封住的纸箱上有人为拆开的痕迹，一叠叠原稿与文档已经没法原样塞回箱子了。

电视机、文字处理机、音响套装等等小家电堆成了山，都是一副电源线缠绕在机身上的样子。只有一件，那就是纸箱顶上的那台黑色录像机，电源线垂在地上。循着电源线看去，还插在电源插座上。

就在这个随时可能崩塌的杂物堆上，录像机却保持着一副安稳的状态。

川口正对录像机凑近一看，有一个小小的红色光点。真庭说得果然没错，遗属补偿金会定期打进一个账户，而水电费等就是从那个账户代扣的，所以这间屋子的水电至今还正常开通着。

为什么只有录像机插上插座？并且还开启着电源呢？这令川口觉得不可思议。光靠一台录像机又不能录节目，只有连接在电视机上才能看到图像啊。

川口试着按了一下出仓键，里面什么都没退出来。用手指顶开仓盖，蹲下观察，一股金属臭味猛地从长方体的空洞中冒出来。

录像机被插上电源的理由只有一个，那就是为了把里面的录像带取出来。

……取出来的录像带在哪里呢？

川口胡乱扫视了一遍周遭，又在纸箱和壁橱里寻找一番，没有类似录像带的物体。

能进入这个房间并且把录像带取出来的人，除了瑞穗以外就没有了。可是想象着她做出这种举动，总觉得很不自然，与人物形象根本不配。总觉得这台录像机的周围萦绕着一个更年轻的女人的气息。

川口再一次来到录像机前，按下录像带插入口的仓盖，向里面窥探。黑暗的空洞不断向前延续，仿佛一条连接异次元的隧道。就在这一瞬间，川口脑海里那个依稀浮现的年轻女人，年龄一岁岁地被减去，变成了一个五六岁的少女。

伴随着目眩，脑海中呈现出的显然是一片幻觉。

少女那年轻又柔滑的手触摸着川口的脖子四周，一股牛奶香气扑鼻而来。还没来得及多想，世界就飞速旋转起来。听见一声与地板相撞击的砰的声音。因为受到猛烈的冲击，又响起了哭声。到底是少女在哭泣还是自己在哭泣？无法判断。主观和客观已经开始混淆。还没明白到底发生了什么，川口全身的触觉又再一次集中到少女双手的位置，视野摇晃起来，世界再次剧烈旋转，他大受打击，意识变得僵硬。

一个巨大的黑影向自己靠近，倨傲而又无情的掌掴声在耳畔响起，随后，少女全身心地哭喊起来，那叫声仿佛世界就要从此终结，叫声响彻整个房间。

与录像机上的小窗关闭上的同一时间，短短几秒钟的意识狂潮消失了。虽然明知道这只是幻觉，但川口的身体已经受到了物理性的影响。他的心脏狂跳，血压上升，全身大汗淋漓，整个心境都被哀伤笼罩。

这并不是大脑中原有的记忆的复苏，而是受到某种打击，令心率和血压上升，肉体内部产生了剧烈变化。这种体验的总和被注入了一个个细胞中，通过某种形式进行了再现，就好像录像带的插口里面藏着一块保存着数据的肉片，突然间侵入自己身体中……

幻觉中出现的人物大致是少女和她的母亲两个人。视线简直让人眼花缭乱，图像也很混乱，不清楚究竟发生了什么。冷静地回溯一连串的动作，可以感觉到起先是一种温柔的感触，然后摇晃，在旋转之中坠落，接着感觉到撞击，怒喝与惨叫声不绝于耳。

反复在脑内重演这段影像，川口意识到怎么都找不到观察这段幻觉的主观视角。主观视角并非出自少女，也并非母亲，还存在另一个视角，必须增加一个人物进去。川口尝试将自己代入到出生不久的婴儿视角中去，再次重演一连串的动作，这才搞明白到底发生了什么。

刚开始，少女用双手抱着婴儿哄逗他。接着手一滑，婴儿摔落在地板上，爆发出哭声。少女再次抱起婴儿，这一次显然是有意图地让婴儿坠地。婴儿再次激烈哭喊。看到这一幕之后，母亲冲过来质问，并且打了少女一耳光，这次就轮到少女在婴儿身旁哭喊了。

少女的哭声就像直接刺激鼓膜一般,直接在外耳道轰鸣,就是这个缘故。

这间屋子里曾经发生过这一幕吗?龙司应该是独生子。没有人可以扮演少女这个角色。

就在这时,房间窗玻璃上响起了叩击声。或许是自己闯空门被邻居瞧见,有人过来了吧?川口停下动作,屏息凝神,却没有听到更多响声。似乎是有什么东西撞在窗户上了。

为了确认是什么发出声音,他缓缓地走下楼梯。

一走下楼梯,左边就是瑞穗的房间。那是一间六叠大的和室,衣橱旁边是一个佛坛,上面摆放着父亲的遗像。

厚厚的绿色窗帘挡住了外面的日光,整个房间都被沉闷黯淡的草绿色包围。不知从哪里飘来了泥土的气味,原来窗户外面就是一片庭院。

川口掀起窗帘的一角,观察庭院。树干上的一只油蝉以可怕的速度飞过来,撞在窗玻璃上,发出砰的一声,当即死亡,落在泥地上。这种死亡方式仿佛是在显示自己有多短命。

刚刚从二楼听见的大概就是这种声音。

蝉,是短命昆虫的代名词,却能躲在地底通过吸食植物的养分活上好几年。只不过自从变为成虫,能够飞翔之后,就只剩下短暂的寿命了。

蝉让川口联想起养父的脸。真庭提供的资料里有养父的好几张照片。那张脸没什么特点,一看就明白,这是一张严谨质朴的平凡人的脸。

与左手边佛坛里的那张照片几乎一模一样。

照片前面摆放着线香和火柴。川口点上一支线香,双手合十。

睁开眼睛与遗照面对面,却没有任何感慨。那是一个素昧平生的陌生人。自己对养父竟然如此不感兴趣,连川口都不禁觉得惊讶。他与瑞穗结合后,明知道儿子与自己没有血缘关系,仍旧将孩子养大,是龙司的大恩人。他兢兢业业地攒好存款,买下土地造起房屋,就是为了实现安度晚年的梦想吧,却因为交通事故悄然离世。不知那是怎样的事故,川口也并不想知道。

川口对养父毫无兴趣,相反地,对生母充满好奇。尽管早已没了记忆,他还是渴望知道母亲到底是怎样一个人。要是儿子长大成了小混混,父亲一定会这么指责母亲:

"都是你没管教好,他才成了这副样子!"

母亲与儿子之间的关系之密切是十分特别的,儿子的命运掌握在母亲的手里,所以才令人在意,瑞穗到底是怎么养育龙司的?

佛坛旁边的衣橱里几乎都是衣物。打开壁橱,里面也只是一些被褥。

这是一间家具很少、乏善可陈的房间。

反复环顾好几遍,川口发现这个房间的功能仅仅是睡觉和换衣。

川口想找的相册应该不在这儿。现在最先要寻找的猎物就是相册之类了。按照时间顺序排列的照片，是最适合用来让记忆复苏的工具。

他为了寻找相册，又来到了厨房。

十叠左右的大客厅中央摆放着一张四人桌，四个人坐在椅子上都能瞧见的位置上，摆放着一台电视机。

这个家庭的成员最多三个人，却有四张椅子。坐在椅子上的人从三人变成两人、一人，最终一个都不见了。

这种寂寥深藏在几乎没有使用痕迹的三张椅子中。

不论是水槽与灶台并排的烹饪台还是嵌在窗玻璃中的换气扇，全都脏兮兮的，难掩破旧感。越过磨砂玻璃的窗户，这间屋子与邻居之间被一道灰色的矮墙隔开，显得极为压抑。

只有餐具柜一角摆放的玻璃陈列柜与屋子里的家具格格不入，十分华丽而崭新，里面装满了文库本、单行本和笔记本。

打开柜门，首先映入眼帘的是超过数十本的账簿，全部都是妇女杂志附赠的账簿。取出几本翻开一看，刚开始记账的时候，内容十分充实，以细小的文字巨细无遗地记录着各种开支。可随着家人减少，文字也越来越稀疏，最后一本记录到去年五月上旬就结束了。真庭说的没错，瑞穗离家的时间刚好是去年春天。

账簿一旁摆放着好几本相册。总算来到了目的地。川口把相册全部抽出,双手捧着搬到厨房的桌上,坐下来翻看。

贴在底纸上的照片数量并不是很多。一般家庭会留下多少数量的照片,其实川口并不清楚。乍看之下,这里的照片数量感觉在平均数以下。

幼儿时期、中小学时期、高中时期、大学时期,伴随着龙司成长轨迹拍摄的这些照片上,龙司全都穿着相关的制服,也没有满面笑容。几乎没有瑞穗与昭三夫妻两人单独拍摄的照片,尤其是在龙司死后,连一张照片都没了。

照片中的瑞穗戴着一副眼镜。那是一张白白净净的瓜子脸,说不上是美女,但细腻的肌肤很是惹人眼球。刘海遮盖额头,发型像是河童头。很少有笑着的照片,似乎更多略带忧愁的表情。

瑞穗一定渴求着人生中能够拥有更多的幸福,可她的愿望终究没有实现。

……死于非命,突然离世。

除此之外,没什么更贴切的形容。川口忽地想起一件事。

……瑞穗她读过那本书吗?

想要调查这一点是很容易的。假如她读过,只要没把书带走,就肯定还留在家里。

简单观察一下,就发现这间屋子里装书的地方只有这个陈列柜。川口再次来到柜子前打开门。

眼神从上层扫视到中层,从中层扫视到下层,川口发现书籍的收纳规律很普通，那就是从上往下，书的尺寸越来越大。上层一般装文库本，中层装单行本，下层则被辞典、写真集这些装帧豪华的书本占据。

中层的单行本中有不少类似般若心经、神道、修验道之类关于古代宗教的书籍，上层的文库本中大多是女作家写的现代小说。

整排文库本的一角，有一本套着在书店购书时买的外封套。其他文库本都没有外封套，这一本尤其惹眼，仿佛是在诉说着一种矛盾的心情：她对这本书很有兴趣，却不愿意看到书名。

伸手取下书，翻开封面，书名映入眼帘。

环界

果然没错，瑞穗已经读过了这本书。她不知从哪里听说了谣传吧，这可不是将近七十岁的女人会主动去买来读的书。

最后一页的版权页上印着文库本的发行年月日。

那是去年的四月二十四日。

瑞穗离开这个屋子并且行踪不明，正是去年五月之后的事。

失踪的原因很有可能就是这本《环界》。

书中对高山龙司的死亡有详细描写。对一个母亲来说，这本书的内容实在是不忍卒读，不知道瑞穗是怀着一种怎样的感情阅读的?

进一步追究下去,根据这本书所说,稀世罕见的超能力者——山村志津子的女儿贞子的怨念被封存在一盒录像带里,而龙司就是因为看了那盒录像带而毙命的。

如果龙司是因为不可避免的灾难而死,那还能让人释然,可书中说自己的儿子是因为这种荒唐至极的理由而死,根本没办法接受。

可再怎么否定也无法改变的事实是——她的儿子再也不可能回家了。

想象着瑞穗心中的思绪,他轻声说道:

……我回来了,妈妈。

13

　　川口带着文库本《环界》回到餐桌旁，与相册并排，来回注视。

　　龙司的生和死就这么比邻地摆放在桌面上。

　　川口再一次翻开相册，开始追溯龙司的人生轨迹。

　　假如说第一页上记载着龙司的人生第一步，那么应该是一张出生不久后的婴儿照。可是，这第一步是直接从幼儿时期开始的。

　　川口心想，说不定还有另外一册。可是翻遍玻璃陈列柜都没能找到更早的相册。意外地，在柜子深处却找到了一叠报纸。这并不是故意隐藏起来的，而是因为相册一次次地被抽出塞入，报纸也渐渐被推进深处，已经卷成了一个圆筒。

　　这几张报纸明明已经经历了许多岁月，却散发着一股春天的气味。

　　川口抽出报纸，回到桌旁，坐上椅子。一折四的报纸原本是用一根橡皮筋捆着，现在仅仅留有一些形迹，老化的橡皮筋断成好几截黏连在报纸上，看得出已经经历了数十年。

报纸已经变色成了褐色，纸张脆弱得仿佛一碰即碎。

川口小心翼翼地将报纸展开，避免纸张碎裂。

那是距今四十年前，日刊××新闻的早报和晚报，日期写着四月十七日。

是龙司出生那一年的报纸，不过与他的生日相差了一个多月。龙司的出生年月日已经通过真庭取得的户籍副本确认过了，虽然年份相同，但出生日是次月的五月二十五日。

那是讴歌经济高速成长的时代中一个稀松平常的日子，社会版报道呈现着这一点。

堪称社会风平浪静之时的报纸范本。

反对澡堂涨价大游行

以为高考落榜，青年离家出走。谁知候补合格，父母报警寻人

小学音乐教材曲《春之小川》中的河流原型，即将开始下水道改造工程

社会版正中央刊登着一张照片，是参加大峰奥驮修行的修行者们身穿白色装束在樱花前的合影，还写上了"吉野之樱，今日满开"的大标题。

每一页都春意盎然。

为什么不选其他日子，偏偏把这一天的报纸用橡皮筋卷起来藏在相册之后的深处呢？当然，也很有可能根本毫无意义。打个比方，也许只是把卷起来的报纸当作垫纸塞进了柜子最深处而已。假如只是这种情况，那么是哪一天的报纸都无所谓。

而且，假如其中真有特别的含义，也应该挑选孩子出生当天的报纸才对呀。

将来等孩子长大，就能告诉他：你出生的那天就是这样一个日子。所谓母亲，就是会为了这点小心思而把孩子出生日的报纸保存下来的人。

然而，报纸的日期与龙司的生日相差了大约一个月。

……四月十七日。

真让人无比在意。这个数字过去在哪儿见过？山村敬寄来的信中就写下过这个数字，那是山村志津子的长男哲生诞生的日子。

是偶然吗？假如说瑞穗是有意识地把哲生出生那天的报纸作为新生儿纪念而保存下来，那么又将会推导出怎样的结论呢？

一定要将事件的表象有条有理地排列起来。

川口闭上双眼，上半身靠在椅背上，静静沉思。他让迄今为止所获信息全部激活，抛弃先入为主的观念，从多个方面验证已经发生的事实，重新排列顺序，去除矛盾。

首先是有关于山村志津子……

丑闻缠身、被逼离开故乡大岛的山村志津子，在四十年前的四月十七日产下了哲生。

哲生的父亲身份不明。

三个月后，志津子跳进三原山的火山口自杀，可是在自杀前一个月，她的户籍副本的附件中只为哲生开了迁出申请。

志津子的幼年玩伴源次是渔夫，拥有渔船。

接下来，有关高山瑞穗……

瑞穗在二十岁以前因为空袭失去了几乎全部的亲人，孤身一人。

四十年前，她与身份不明的男人生下了龙司。户籍副本上，龙司的出生年月日是五月二十五日。

生完孩子之后，瑞穗身边不少人都认为她的性格产生了显著的变化。

将两名女性的人生并列起来，一个假说就浮现了出来。最重要的一点是：志津子跳进三原山。假如她真的跳进火山口，被上千度高温的熔岩灼烧，那么肉体早已完全消灭，不会有任何残留。

换言之，她可以彻底重生为另一个人。

……山村志津子还活着。

志津子在东京产下哲生后，原本想将出生证明发回原籍大岛，可是她被情人伊熊平八郎抛弃，又饱受舆论谴责，被村民当作怪物，使她产生了强烈的自杀冲动。她曾经真的一心想寻死。可是不知是怎样的机缘巧合，她恰巧遇到了一个孤苦无依、相同年龄、身形相仿的女人，使她拥有了获得全新户籍的机会。

即使产生了想要转世重生的愿望，也并不奇怪。

……重生的愿望。

她的故乡大岛有着满足重生所需的绝好条件。三原山有火山口，青梅竹马源次对自己言听计从。她只要在大岛露个脸，把遗物和遗书留在火山口，再乘源次的渔船偷偷离开大岛，岛民们无论如何都会判断她已经自杀。

化身为高山瑞穗的志津子紧接着在东京西南区提交了孩子的出生证明。可是，因为前前后后耗费了一些时间，孩子原本的生日——四月十七日已经因为过期而无法申报。因为行政规定出生证明必须在出生十四天内提交。一旦过期，就必须向简易法庭上交写有正当理由的"户籍申请提交过期通知书"。对于志津子这个内心有鬼的母亲来说，一定会极力避免跟简易法庭打交道。

于是，她尽量利用十四天的宽限，将龙司出生证明上的生日改到了五月二十五日。

瑞穗并没有忘记龙司原本的生日是四月十七日。她早就寻觅到了那天的报纸，并悉心保存起来。搬进这间屋子，置办了陈列柜后，她用橡皮筋将报纸捆起来，藏在相册后面。

将哲生的户口迁出之后,来自派出所的各种联络事项就不会再发往山村庄,这是志津子的计策。其实只要随便假造一张迁入证明,就不至于变成这种行踪不明的局面。她根本没必要做得那么绝。

就这样,志津子变成了高山瑞穗,新的人生就此开始。

可是,她也付出了代价,失去了一个女儿。

贞子。

当时贞子已经七岁,对于志津子来说只是个沉重的包袱。一个出生不久的婴儿可以利用自己往返于东京与大岛间那种漂泊不定的生活来施展些手段,可贞子已经在大岛上小学,就没法轻易变动了。要是贞子也跟着自己一起走,整个计划就会白费。

只能抛弃贞子。

结果,贞子的人生不知遭受了多少坎坷。

失去至亲,孤苦伶仃地留在山村庄,作为丑闻缠身的恶心女人的女儿,被人指指点点,随意凌虐。在学校遭受可怕的欺压,没有一个人愿意袒护她,一直生活在绝望的孤独之中。

即便如此,她还是心怀成为演员的梦想,摸索出一条活路,来到东京。虽然进入了剧团,但终究因为挫折而放弃了演艺之路,最后投身于井中,结束了短暂的一生。

被井底的污水侵蚀身体的时候,贞子到底在想些什么呢?这短暂、不幸的人生,究竟源自哪里?究其原因,终于找到了一个答案。

……因为被母亲抛弃。

想必贞子在井底早已不断诅咒了千百遍。

……你这样胆大妄为,真的以为没事了吗?

瑞穗通过阅读《环界》知晓了事情的来龙去脉。

被抛弃、被凌虐的怨念深深潜入地底,随着水脉流出,寻找出口,化为憎恶,喷薄而出,扑向龙司。

面对只能选择一个而抛弃另一个的奇特因缘,作为两个孩子的母亲,瑞穗到底有着怎样的感慨?悲伤、绝望、后悔、忏悔……或许已经无法用言语描述了。

肉眼可见的表象构筑的世界背后,控制表象的内在线索竟然如此复杂。

切身感受这种不可思议之后,人类到底该去哪里寻求救赎?或许只能去依赖那些超越人类智慧的存在了。

川口的上半身缓缓向前倒去,趴在桌子上。

他来到这个世界之后,心境向来保持着平静,从没有过大幅度的感情起伏。既没有回忆,也没有爱人,能让心灵的振幅扩大的因素都离自己很远。

在想象母亲的苦恼时,感情像洪水一般涌入他的内心。冲出堤坝的潮水驱使着川口,使他流出了来到这个世界后的第一道泪水。

泪水模糊了眼眶,贞子的脸庞依稀浮现。

贞子对这个世界的憎恶……其本质是被母亲抛弃之人对被母亲选中之人的怨恨。

　　姐姐与弟弟，正因为二者骨肉相连，所以力量愈加强大。

　　……姐姐，你的目的到底是什么？

　　不论问多少次，都得不到答案。

第四章　大峰山

1

　　人能够想到的最可怕的死亡方式到底是怎样的呢？被刺无数刀，缓慢地死去，应该是相当可怕的一类了。可是，人类的肉体构造十分精巧，当受到连续的疼痛刺激并且能预见到死亡时，大脑就会分泌类似麻醉剂的物质，将疼痛缓和，对折磨的恐惧感也逐渐融化在蒙眬的意识之中。反过来，在这混沌的过程中反倒可以窥见一个美妙的世界。

　　疼痛并非有实体的物质。皮肤被切割开时，并没有引起疼痛的物质附着在表面，而是刺激产生的电信号通过神经传达到大脑，让大脑认识到这是痛觉而已。

　　这么一想，伴随着肉体痛苦的死亡，在某种程度上是可以忍受的。

　　对于柏田来说，最可怕的死亡方式就是被深深地埋入地底。

　　被关进身体无法动弹的小小棺材中，正面钉上盖子，摆放到地底深处。只听见泥土覆盖棺木的沙沙声，沉闷的响声让人感受到重压，于是绝望感愈加深重。可即使这样也不会让人立即死去。用一根细细的管子将地面上的空气通到棺木内部，防止死于窒息。这简直是恶魔的行径，从生到死的这段极其漫长的时间里，一直保持僵直的状态，身体一动都不能动，黑暗之中只剩下意识，唯有忍耐下去。唯一的救赎就是发疯，让意识化作一片混沌。可不论以何种形式结束，都需要花费极长的时间。

就这样，即便肉体死亡，意识恐怕也会成为亡魂。死亡的方式越残酷，灵魂就越会变成永世不得翻身的地缚灵，永远留在地底，柏田是这么认为的。

被装进棺材埋进地底的状态，与自己的现状是一样的，只不过棺材的材质从木头变成柔软的肉体。

另一个陷入类似状况的近亲者，就是死去的贞子。

贞子在井底等待死亡的那段长得令人绝望的时间里，到底会想些什么呢？

结合川口带来的新信息，柏田终于能够稍稍地看清一些贞子的内在。

川口带着探访高山瑞穗家后产生的猜想，前往伊豆大岛差木地寻找源次，套出了真相。猜想便成了真实可信的情报。

他猜想的没错，山村志津子的确伪装成自杀。虽然源次不知道志津子在东京取得小田切瑞穗的户籍取而代之这件事，但是他确实接受了志津子的请求，用渔船载她离开了大岛，一直送她到三浦半岛登陆。

如此一来，贞子被志津子抛弃，而被志津子选中的哲生则以龙司这个身份长大成人。

仅剩单纯的意识之后，柏田就有了充足的内省时间。他从各种各样的角度来审视自己的内心，都没能找到自己对他人产生憎恶的思想萌芽，实属万幸。

可是，贞子就……

在漫长得无法消磨的时间之中，她开始探索最根本的原因：为什么我不得不忍受在井底腐烂的命运呢？

婴儿无法选择母亲。孩子只是单方面被动地诞生于世，当贞子向母亲寻求庇护却没有实现时，悲伤便会铭刻在每一个细胞之上。

虽然无法准确地得知志津子是如何对待贞子的，但是从志津子受到的舆论攻击以及情人伊熊平八郎那种暧昧不清的态度来看，她想必承受了相当大的压力，很难说她会营造良好的育儿环境。

志津子将愤懑不满发泄到了贞子身上吗……

于是贞子便将来自母亲的迫害强加到出生不久的弟弟身上，以此泄愤。

可是她的行为又招惹了母亲可怕的震怒，贞子受到的打骂更加严重了，她对弟弟的憎恶也变得更深，陷入了恶性循环。

听源次说，贞子虽然时常遭受母亲的打骂，却仍旧缠着母亲，抓着围裙边小声地说着"对不起，对不起"，不断道歉。

这是孩子向母亲请求得到公平的爱。一个孩子应有尽有，另一个孩子却被强迫忍受，于是后者就会对前者产生憎恶，开始考虑报复。

导火索就是自己被抛弃而弟弟被选中的那一刻。

对于被抛弃的孩子来说，最能治愈她心灵的事，便是亲眼看到被选中的那孩子痛苦挣扎的样子；对母亲最大的复仇，就是亲手将她养育大的孩子夺走。

如此来看，恶魔录像带事件迅速平息也就可以理解了。贞子的目的并非让诅咒蔓延，而是让诅咒影响到高山龙司。事件在龙司死后的发展只不过是遵循惯性自然法则而已。

恶魔录像带既然已经达成目的，就悄悄消失了。

可是，正如毒蛇蜕皮一样，贞子的怨念转变了形态，意图复苏。她舍弃了早已化为骸骨的旧皮囊，找到了一具年轻的肉体。

自古连绵不断的瘟疫、洪水、饥荒、战乱……这些灾难是否源自如同地下水脉一般流动的怨灵们呢？每过一段时间，怨灵就会改头换貌，出现在人间。那些知晓地底至地表通道的人，自古以来被称作咒术师或巫女，以蛇为号。如果瘟疫流行，无疑也是死者在作祟。

贞子的DNA驱使着春菜，让她发出信息，引导柏田前往大岛，使其接近真相。必须让这个弟弟有所自觉。决不容许他对自己被憎恨的理由一无所知。

接着，贞子的NDA仍潜藏在春菜的体内，从住院患者的病灶①中吸取病痛，与自身的愤怒相混合，培养至成熟，创造了可以无限繁殖的邪恶。憎恶掌控了力量，又产生了新的欲望。

她曾一度控制住了愤怒，是在何时再度觉醒？

直到失去肉体，她才开始采取积极的行动，是巫女体质的特性在真砂子死去的那一瞬间出现了吗？抑或，恶念一直潜伏在子宫深处，静静地观察着龙司成长的整个过程。他越长大，这场游戏就越有趣。她沉浸在期待之中……

贞子的绝望与悲伤竟如此之深。

她的憎恨把柏田的意识囚禁在地底。

假如说，从这诅咒中解放的方法就是将贞子的心伤治愈，那么自己到底能将计就计到何种程度？到那时，是否仍能保有内心的善恶基准呢？

恶无时无刻不在扩张。善的宣扬一般只能靠日积月累，相比较下，恶的积累总是一瞬间爆发。人有关怀、正义、温柔、喜悦、悲伤、嫉妒、愤怒、憎恶、恐惧等情感，而恶魔时常利用的大多是后半部分这些负面情感。

利用煽动恐惧这张牌，就能轻易地逼迫温柔的人去杀人。

只要点燃憎恶的火焰，充满关怀的人就会轻易地实施恐怖行为。

---

① 指病变的部分，具有病原微生物的病变组织。

作为一个稀人,一个黄泉之国的使者,应当给人类的警告就是:不要被无谓的情感控制。能够战胜憎恶与恐惧的只有勇气和理性。

可是,深陷贞子设下的陷阱之中,现在的柏田即便想从这痛苦中脱身,也摆脱不了恶魔对他的轻声耳语。

不知自己的身体是不是有一部分浸在水中,他总觉得有说话声从某处传来。

柏田将意识转向外界。

在对方发话之前,柏田先发问了。

……这里是哪里?

柏田想问的是:我的身体到底在哪里?

2

　　一早来到奈良的御所市，就是为了趁机参观一下役小角的出生地。

　　去吉野金峰山的集合时间是下午四点，所以在葛城山上散步的时间还是很充裕的。

　　奈良盆地南侧的御所市有一派闲适的田园风景，相传为役小角出生地的吉祥草寺静静地坐落在这里。这座小寺庙意外地很不显眼，如果不特别留意，一不小心就很容易错过。

　　把车停在面对农田的停车场，川口与柏田穿过田间小道，往寺院走去。

　　柏田的步幅很小，无法维持左右平衡。他贴在川口的背上，只能尽量做到不落在后面。每次一回头，柏田那张毫无表情的脸就近在眼前，川口被吓到了好几次。要是两人再不保持距离，恐怕就被其他人看到这古怪的一幕。但是，不论他对着柏田的胸口推多少次，柏田都会立刻又靠拢上来。

　　从停车场到寺院大约只有一百米，花费的时间却远超想象。川口已经载着柏田在山中行驶了八十公里，反倒是这最后一百米让他担心不已。

站在寺院中向西远眺，能看见以金刚山为主峰的葛城山脉纵贯南北。视线转向南方，能看见从吉野到熊野的大峰山系同样沿着南北方向延伸。

役小角是在葛城山的洞窟中闭关修行，获得了不可思议的力量。某天，役小角命令一言主神在吉野的金峰山与葛城山之间架起一座桥梁。然而接到这个命令后，一言主神并不乐意，便向朝廷进献谗言，称役小角有谋反之心，最终使得役小角被流放至大岛。

从葛城山到吉野，直线距离大约二十公里，要建造这么长的桥梁，哪怕在现代都是不可能的。役小角的命令想必有另一层含义。但事到如今，已经无从知晓他的真意了。

这里是役小角幼年奔跑玩耍的后院，而他被流放至伊豆的主要原因，就因为这里两面夹着奈良盆地南侧的山系。

四处回头确认完这里的风貌，川口将视线转向本堂左侧的开山堂。

开山堂祭奠着役小角像，并排摆放着的是他母亲白专女的像。小角像在日本各地都有流传，可母亲的像就非常少，是一件贵重的宝物。

川口从木制阶梯走上三步，从木格子的缝隙中向里窥视。

役小角的坐像与大岛行者窟中的石像几乎是同样的姿

态，脚穿高齿木屐正坐，右手持锡杖，左手持经卷。这是流传在日本全国、常见的役小角姿态。

吸引川口注意力的是白专女。虽然塑像整体被僧衣遮盖，看不清楚，但是从表面布料隆起的形状来看，她是盘腿坐着的。头巾像平刘海那样垂下来遮住额头，露出肌肤的部位只有脸、脖子和手臂，要从外貌来区分男女是很困难的。她双手合十，摆出祈祷的姿势，嘴巴微张，深灰色的脸上，一双眼睛睁开，映出一道白光。

因为做了一个吞下独钴杵的梦，她才怀上了役小角。白专女本名叫"虎女"，词源可以追溯到古代的巫女名。

将一个没有父亲、神圣受孕产下的孩子，与母亲的塑像共同安置于一处的，恐怕只有开山堂了。

本堂的右侧有一口井，据说役小角出生后就是用这里的水首次沐浴的。圆筒形状、层层堆积而成井缘的是黑色岩石。窥视井中，只见井底的水汽卷起暗沉的漩涡。

一旁有个洗手的水盆，与水井截然不同，里面盛满清水。

环顾四周，毫无人影。看来两人能在这里聊上几句。

言语像清水一样流淌进川口的脑海。

……这是哪里？

"吉祥草寺，相传是役小角出生的地方。"

……原来是我们的故乡啊。

"这么说也没错。我们面对的开山堂里，供着白专女的坐像。"

……不看我也明白。她就是我在大岛行者窟看到的其中一个女人的面孔,从老年逐渐变得年轻,随着时间的变化,表情也有不同的变化。

"我认为其中有一张面孔是贞子的。"

……恐怕就是最后见到的那张脸吧?

"贞子想要传达某些信息。我们有必要了解她的愿望究竟是什么。"

……去大峰山就是为了这个目的吗?

"同时也是为了去见妈妈。"

……她真的会在这种深山里吗?

"不知为何,古代发生过的事情再度重现了。七世纪末,因为一言主神的谗言,朝廷打算抓捕隐居在大峰山的役小角。可是,神通广大的役小角在大山中将官兵随意玩弄。恼羞成怒的官兵就把役小角的母亲抓为人质,使出了卑鄙的手段。现在发生了完全一样的事情。贞子将高山瑞穗藏在大峰山里,想要把我们逼出来。"

……大峰山很深。我不认为能轻易确定妈妈的位置。

"瑞穗失踪之前与吉野的寺庙打过几通电话。另外,在奈良的医院有使用保险证的形迹。根据从真庭那里获得的信息,我们可以在某种程度上推测出她的位置。我已经可以确定:高山瑞穗失踪之后曾经探访过吉野的修验本宗。"

……与妈妈见面的目的是什么?

"来到这个世界的时候,我们的使命是阻止环病毒的蔓延。但是这场灾难突然结束了,快得让人措手不及。这是当然的,因为贞子怨念的目标是我们。既然已经失去了原有的使命,就必须搞清楚之后应该做些什么。我们必须找到生存的意义。"

……见到了妈妈就能明白吗?

"我无法断言,不过很有可能。"

……以我现在的身体来翻山越岭,一定相当艰难吧?

"你放心,参加登山的人里还有七十多岁的老人呢。"

……真是不可思议。我们都没有对母亲的记忆,在爱、执着、憎恨方面的感情也很淡薄,贞子心中的感情却波澜起伏。明明是同一个生母,我们和贞子的生活方式却完全相反。

"如果拥有她那种强烈的执念和情感起伏,就根本不可能完成稀人的职责。"

……你果然仍旧考虑着完成使命这件事。

"没有其他路可走。"

……我很害怕。为了摆脱现在的状况,我甚至可能把灵魂出卖给恶魔。我求你一件事。能不能在发生那种情况之前把我的身体毁灭掉?

"怎么毁灭?"

……我听说奥驰道十分艰险,你只要把我从高高的悬崖上推下去就行。

"我做不到。"

……很简单。你只要让我站在悬崖边,从背后推一把而已。别在意,我对死亡没有一丝恐惧。

"就算是这样,还有更可怕的事情。"

……你知道了吗?

"当然了。我们是一心同体的。"

……没错,肉体毁灭后,只留下灵魂,那才是更恐怖的,那样才真叫无计可施,因为灵魂完全不能发挥任何物理作用。要是脱离了生命的往复循环,只停留在一个地方,那就是最糟糕的情形了……佛教所描述的地狱景象不正是如此吗?

"你不觉得很矛盾吗?意外、疾病、灾害、暴力等等威胁到肉体的事物本令人恐惧。当最基本的肉体被消灭,化作纯粹的意识体后,本应不再有恐惧,本能够进入安心立命的境界,却成了最糟糕的情形吗?"

……我并不奢求永恒的生命。

"我明白。稀人的职责并非让恐惧根绝,令人们梦想进入永恒的世界,而是要给人带来对抗恐惧的经验和心理准备。"

……那么你告诉我,我到底该怎么做?

"现在还不清楚。"

……你既然是稀人,就应该能回答我。

"别心急。"

……你说我到底该怎么办才好?那一瞬间迟早会来。我清楚地知道,这让我一点点丧失勇气。

"你是想让我给你勇气吗?勇气不是可以随便给予或获取的东西。必须用行动酝酿出勇气。"

……肉体与精神都已经剥离,哪里还能实现什么行动?

川口将双手从清水中抽出来,把这段已经陷入无意义重复的对话强行终止。越理解柏田的心情,听着就越是痛苦。

两人身旁就是那口役小角首次沐浴时打过水的井。抓着井边往里看时,里面似乎传出了柏田的痛苦呻吟。

川口弯腰更靠近井口。水井没多深,川口靠肉眼就轻易地观察到了水面。

暗沉沉的水面上泛出白色的光点,从水底漂起的泡泡扰乱漆黑的镜面。泡泡带着井底腐臭的血腥味浮起,散发。腐臭味也让川口联想到羊水。

水井是连接地下世界与地表世界的唯一通道。

暗沉沉的水面上,浮现出贞子的脸,又消失。

3

吉野的金峰山修验本宗有一片铺着玉砂利①的庭院,从踏进其中的第一步开始,川口行走的步调就发生了少许变化。

步伐中少了一些笨拙,不知是不是错觉,川口感到自己与柏田的步调变一致了。照这种进展,从吉野到熊野的山路就能带着他走下去了。川口稍稍放宽了心。

脚下是圆润的玉砂利。川口停在原地,一边闭上双眼感受小石子滑溜溜的表面质感,一边做了个深呼吸。或许是修行者们开始三三两两地聚集起来,到处传来脚踩玉砂利发出有节奏的沙沙响声。因为还闭着眼睛,川口能清晰地想象出他们身上的装束有多么洁白,心中有一股清净的感觉被唤醒。

睁开眼睛,本堂一侧的窗口已经排起了修行者们的队列。

队伍中的其中一人离开人群,去往庭院一侧的洗手盆边。他用清水洗洗手,愉快地捧起,喝了一口。

---

① 日式庭院装饰用的小碎石。

川口想起在吉祥草寺里单方面中断对话这件事,无法释怀,便把柏田带到洗手盆边,抓住他的手浸入水中。

言语随着冰凉的触感流淌而来。

……求你别再毫无征兆地终止对话了。我每次都感觉被推回了地狱。

"抱歉。那么也请你不要再反复问我一些没法回答的问题,那只是浪费时间。"

……明白了,我会注意的。话说回来,这又是哪里?我们在哪里?

"吉野。我刚刚走进修验本宗的山门,修行者们正要聚集起来。正南面就是大峰山。"

……很远吗?

"距离山上岳①山顶的大峰山寺还有大约二十五公里。"

背后有修行者靠近,为了让路给他用水,川口只得离开井边。他小声道:

"我要离开水源了。谈话先暂停。"

双手一从水中抽出,声音便消失。虽说事先通知后中断了对话,但不知对方是不是真的接受。

川口去往本堂边的小窗口。完成登记后的修行者们一一

---

① 大峰山系的主要山峰,海拔1719米。狭义的"大峰山"即是指"山上岳"这个山峰。

进了本堂，不知何时已经渐渐从川口身边消失。

川口整理好参加修行的申请书，递向窗口。一条白皙的手臂悄然伸出，仿佛用舌尖探索猎物的蛇，把文件向里面拽去。

川口用手抓住摆满了护身符和灵符的柜台，探出身子向里看，这才看清坐在窗口里边的女人。那是一个与高山瑞穗年纪相仿的女人，从她的坐姿可以看出，她的体型很是小巧。

那女人扫视一遍申请文件，点点头，把日程纸叠起来，一起递回给川口。

根据日程，待会儿要和众人一起吃晚饭、洗澡，然后早早上床。

明天将在凌晨两点起床，开始长达四天的翻山越岭。

川口不动声色地将一张照片递到女人的面前。

"去年的这时候，这个人应该也来过这里，您有印象吗？她的名字叫高山瑞穗。"

女人抬头看看照片，回答道：

"是瑞穗女士啊。去年夏天她在这儿逗留了三个月左右。听说现在已经去了前鬼①那边。"

"果然是这样。谢谢您。"

真庭的消息没错。瑞穗去年五月离开东京，从伊势往奈良走，在金峰山修验本宗度过了大约三个月。每年初夏到盛

---

① 大峰山系的一处地名。

夏之间，修行者们会沿着大峰奥驱道一路修行，她跟随着照顾上山的修行者们。

现在去往前鬼，是为了迎接那些完成修行、重获新生的修行者们。她或许能从中寻找到新的意义。

从吉野出发后，首先迎来的就是大峰山系的险峻山峰，一路穿越熊野的大峰奥驱修行，自古以来就不断重复进行着。据说这种修行的始祖就是役小角。

位于吉野的数座金峰山修验本宗，每年夏天管理着大峰奥驱修行的事务。

来自全国的参加者大约五十名，职业各有不同。相比公司职员，个体户更多。其中还有寺庙的继承人和在当地拥有一批信众的山伏①，作为自身职责的一部分，他们每年必须参加这场修行。中途要穿越的山上岳附近，直到现在仍禁止女人进入，因此，假如修行路线到达前鬼，那么接下去就是只允许男性参加的修行了。

前鬼，顾名思义，词源来自鬼。

七世纪时，有一对生活在箕面山②的恶鬼夫妇杀死且吃掉过数千人，二人分别名叫前鬼和后鬼。恶鬼夫妇向役小角祈求救赎，作为弟子侍奉小角，最终被准许变作人。从那以

---

① 修验道行者的总称。
② 大阪附近的山，著名的红叶景点。

后,他们就紧紧跟随小角,成为小角的得力手下。前鬼和后鬼时常侍奉在役小角的石像、木像旁,作为随从出现,常见的形象是前鬼手持巨斧、后鬼手持水瓶。他们的表情十分恐怖,是典型的恶鬼。

前鬼的子孙们如今仍旧健在,他们在释迦岳[①]往池原方向下山的前鬼地区经营旅店,为修行者们提供住宿和餐饮。

这间旅店正是收留瑞穗做杂工的地方。当初侍奉役小角的恶鬼子孙现在为他人施与恩惠,不禁让人感慨因缘之深。

川口没有自信能单独攀登从吉野到前鬼之间约八十公里的山峰。原生林中的兽道异常艰险,还会频繁中断。为了避免迷路遇难,寻求老练修行者们的指引是最好的办法。川口来到瑞穗失踪前曾经打电话的寺庙进行询问,之后申请参加了这场修行。

办完手续,川口正要离开,柜台后的女人叫住了他:

"等等……"

"怎么了?"

停下脚步回头看,那女人从窗口下边的缝隙中露出了半张脸,能看到的只有从下颚到鼻子的部分,再往上就被窗外的墙壁挡住了。

---

① 奈良县南部的山峰,属于大峰奥驰道的一部分,山顶有释迦如来像,海拔1800米。

"请恕我多嘴,不知你到底有没有参加这场修行的资格呢……"

她的声音平平无奇,但似乎也没打算将刚刚收到的申请许可取消掉。

"您的意思是?"

女人面带微笑地回答川口:"毕竟我从没见过你这种奇妙的身份呢。不过请别太在意,你很快就会懂的。护摩行①仪式很快就要开始了,请先进本堂吧。"

女人的半张脸从窗口的小小缝隙中缩回,声音也消失了。

"这到底是怎么回事?"

川口再次问道,却没了答复。

窗口内的空间已经被断然的沉默支配,不论问什么,一概没有回答。

川口总觉得那女人是在嘲笑自己是个修行的门外汉。他心情郁闷地走进了本堂。

---

① 宗教中焚烧供品进行祈祷的仪式。

4

修行者们集合在本堂,正在举行护摩行。

"请新客上前。"

负责引导的山伏催促川口与柏田坐在燃烧的护摩木前。

首次参加修行的人被称作新客,这回的新客只有川口和柏田。除了他们之外,都是参加过好几次的老手,或者是每年都参加关西一带的山岳讲经会的常客。

伴随着锡杖的节奏,众人开始诵读真言和般若心经,所有人的声音整齐划一地回响在本堂中。古老仪式的沉重感压迫着川口,火焰缭绕,脸颊发烫。

正前方端坐着修验道的开山始祖役小角像,他仿佛睁开双眼注视着两人。

大峰奥驱修行的主要目的是"重生的仪式"。

然而,很少有人将"重生"真正以本义理解,一个个参加者心中怀有不同的烦恼,这个词所反映的意义也各有不同。

参加者中有苦于事业失败的人,也有因家人患病而束手无策的人；有夫妇不和给家庭蒙上阴影的，也有提前察觉到那有可能发展为家庭内部暴力的；有人幼年曾遭受双亲的虐待，无意识地将相同的行为施加在孩子身上；有人多次自杀未遂；有人刚服完杀人罪行的刑期，还有人失去至亲、尚未从悲伤中恢复……心怀各自烦恼的人们，诵读着《般若心经》，饱含着对重生的期待。

对他们来说，相比转世重生，克服现世的烦恼才是重点。

护摩行结束之后，一边吃着晚饭一边与刚结识的同伴们闲聊，川口听到了不少故事。有人是刚治好疑难杂症前来还愿的，也有寺庙的继承人不愿当寺庙主持而被父亲半强制地送进来的。情况相当复杂。

有个常客指着继承寺庙的那个儿子笑着说道：

"你身为寺庙继承人，到底要到什么时候才能有点儿自觉啊？你说你是被老爸强迫安排进来的？我真怀疑你能不能真的走完呢！"

必须戒烟戒酒地爬完从吉野到前鬼的险峻山峰才能取得大峰山行者讲经会本部颁发的"达成证书"，否则就尽失面子了，所以常客们都笑了。他们补充道：每年必定有几个人跟不上队伍，信心受挫，被发现偷偷躲起来抽烟。

整理完行李，川口才迟迟进入大浴场。更衣室里大多是正在穿衣服的人，正要脱下衣服的只有川口和柏田。

浴场中飘扬的水汽笼罩着冲洗处的人影，看上去像是几个幽灵。

在模糊的薄霭中浮现出一层花纹,上面是无数条蛇蜿蜒缠绕。川口很快发现那是画在人背后的图案,有个行者的背上画着被称作"筋雕"的未上色纹身。虽然是未完成的一张图,但那图案很明显是以蛇为主题。这种未完成的感觉与他身体中散发的气场完美贴合。川口暗自感叹地看得出了神。

坐在镜子前冲洗身子的行者察觉到川口那长久的注视,停下手上的动作,回头问道:

"有什么事吗……"

他把一条毛巾搭在背上,抬头打量站着的川口,眼睛眯成一条缝。发现威慑没奏效,他又躲开了川口的视线。

"抱歉。"

川口小声道歉,悄悄来到他身旁的水盆边,往里面注满了热水。

旁边的镜子中映出那行者的正面。他那肋骨突起的胸膛显得十分瘦削,身上到处生着黑痣。他正俯身反复冲洗着手臂,像一个偏执狂。

川口平时会避免正面观察他人,可对这个人不知不觉间却投去了好奇的视线。坐在这个男人身旁,不禁浑身起了鸡皮疙瘩,涌现一阵寒意。即便如此,他仍然难以转移视线,愈发想要了解这男人内心中的情感。

那男人用涂满肥皂沫的毛巾反复擦拭双臂,直至通红。

动作幅度之大，让他的全身沾满了肥皂泡。

男人散发出的妖气让川口若有所思。

……这个男人，莫非曾经杀过人吗？

杀过人，服完刑，离开监狱，想要通过参加大峰奥驰修行东山再起。川口充分理解这种心情。

5

凌晨两点起床，整顿行李后，修行者们在引导者的后面排成一列纵队，从吉野修验本宗出发，往熊野方向行走。

大多数人都穿着专用的行路衣与麻布罩衣，臀部包着野外休息用的毛皮，脚穿胶底布鞋，手持锡杖。夹在白色正式装束的众人之间，穿着白色运动服与白色棉裤、脚踩运动鞋、一身休闲装束的川口与柏田显得格格不入。

在黑暗之中缓慢移动的一队行者，仿佛幽玄世界中一片摇荡不定的幻影。看着他们的队伍，会发现川口与柏田这两个重叠的身影好像脱离肉体的幽灵。

突如其来的降雨更给这玄妙的气氛添加几分空灵。

昨晚，同寝室的修行者们聊到了去年大峰奥驱修行中所发生的许多小故事。

修行期几乎每年都定在雨水充沛的初夏时节。纪伊山区原本就终年降雨很多，从浓厚茂密的满山叠翠与高耸的杉树群就能看出，这里享受了充分的雨水恩泽。

去年，大峰奥驱修行的一行人在山顶附近遭遇了瓢泼大雨。布鞋与白衣都湿透，雨水在兽道中流淌，汇成了一条小河。下陡坡的时候，不是陷进泥水中滑倒就是绊到埋在泥中的岩石摔倒，受伤者接二连三。

即便是每年都参加的老手们也承认在那场大雨中吃尽了苦头，他们裹着被子，感慨万千。

天还没亮，众人就紧张地关注天气变化，因为修行者们昨晚聊过这话题。

风吹着树梢，发出簌簌的声响，仿佛从远方传来的倾盆大雨声。飘忽的风摇晃着树木，甩落叶片上的露珠，在黑暗中营造出一种似乎要降雨的气氛。由声音唤起的想象力时常令人将虚幻看作真实，反过来，也让人将真实看作虚幻。

所谓的修验，就是对"验"进行修炼。而"验"则是自然现象中所蕴含的神明讯息。

兽道十分狭窄，只容一人通过。正当队列稍稍显得混乱而向两旁分散之时，只见前方有一名行者正在下山。他同样身穿白色的正式修行装束，唯一的不同是——他的和服腰带上插着一把小刀，整个人散发出一种来自古代的气质。很显然，他已经完成了山上岳的修行，正返回吉野。队伍中的每个人都低头致意，表达对他修行成就的敬重。那名行者在与众人擦身而过之时，手握刀柄，轻轻点头，向每个人作出回应。唯独对川口，行者没打任何招呼，他面无表情地从川口身旁走过。

　　杉树林遮蔽了视野，看不出天空究竟是晴还是阴，唯有沿着山路继续攀登。

　　直到天空终于泛白时，视野忽而开阔，可以望见地平线处漂浮着一片稀薄的蓝白云层。

　　相隔一个山谷远的山峰上，阔叶树的叶片朝同一方向舒展，它们有规律地泛起波浪向外围扩展，显得美妙而充满动感。不久，在树林间吹拂的清风消失无踪，阔叶林的摆动也静止了。它们成为了远处的风景，不再传来声响。然而，就在刚才，川口深感见到了那阵风的真身。

　　假如把灵魂比作风，那么其所唤起的现象应该叫做生命；若是一个生命，那么其所能够波动周期大约只能持续八十年而已。

　　此时天空放晴，对于降雨的担心一扫而空。虽然清晨仍有几片薄云，但太阳一升到头顶就成了大夏天。与其担心下雨，倒不如担心因为酷暑而干渴难耐。

　　一行人每走一小时就休息五分钟，以稳定的步调沿着山路缓慢攀登。途中遇到难走的路，就以引导者为中心，一唱一和地喊起"桑盖[①]，桑盖，六根清净"的号子。

[①] 行者喊的口号原文"サンゲ、サンゲ、六根清净"，サンゲ发音为"SANGE"。

听起来像是"桑盖"的词，写作汉字是"忏悔"。所谓六根，指的是眼、耳、鼻、舌、身、意这六件构成身心之元素的总和。通过忏悔，让自己的感觉器官保持清净，才能与山中的灵气合而为一，这种一体感或多或少能够缓解攀登过程中的痛苦。

川口衷心希望修行者们齐声唱和的"六根清净"能传到柏田的意识中去。

随着唱和声，身体好像被一股自然的流动向前推动。在一步步前进的单调重复中，这唱和声有了救赎的力量。

从天蒙蒙亮的清晨两点就开始攀登，每经过四个小时吃一顿早餐。从在宿舍吃的早餐算起，这已经是第二次早餐了。之后还要吃午餐和晚餐，一天总共进餐四次。

臀后绑着毛皮的人们直接坐在竹叶地上，厚厚的兽皮能避免臀部被沾湿。但是穿纯棉裤坐下来，草叶上的露水很快就会渗透进内衣裤。

川口从背包中取出塑料垫布，找到一块合适的石头铺上。于此同时，修行者们各自在登山道两侧的草地上坐下，取出在宿舍时分发的饭团开始咀嚼。凌晨两点吃过早餐之后，已经连续攀登了四个小时，大家的肚子早就饿扁了。但每人只分到三个饭团，吃了一个还不停的话，午饭就没得吃了。一顿饭只有一个饭团。米饭与佃煮①一起下肚,味道相当朴素。

再次出发的方向将是一道深深的峡谷。从水声听来,谷中应该流淌着一条河流。

往下是一条蜿蜒的柏油路。

在树丛的缝隙中若隐若现的柏油路,与这片寂静的山林格格不入。

现在应该把这里当做异界。川口将视线从沥青的灰色光泽上移开,继续吃那仅有的一个饭团。

早餐后继续走了一小时左右,终于来到了与俗世分道扬镳的界线。

女人结界门

鸟居②上面写着这几个黑字。女人,是被禁止再往前攀登山上岳的。

女人结界门……发音很是奇妙,其中夹杂着柔和与坚硬,也是日常生活中绝对不可能使用的词汇,光是字面含义就营造出一种异世界的氛围。

---

① 在小鱼、贝类、海藻等食材中加入酱油、调味酱、糖等一起炖煮制成的调味小食。
② 设于通往神社的路上或神社周围的日式建筑,由一对粗大的木柱和柱上的横梁及梁下的枋组成。

来到这里,从杉树林的缝隙中已经不再能望见柏油路,周围浮动的雾气烘托了神秘感,熟知的现实仿佛远离。

继续行走大约一小时后休息的时候,几个修行者的谈笑声传进了川口的耳中。他们的聊天内容弥漫着一股世俗的淫靡气息,勾起了川口的好奇心。

导火索就是那个背上纹着蛇形刺青的修行者。他说道,这里明明禁止女人,刚才在大杉树后面却看见了一个年轻女人的身影。其他修行者非但没嘲笑他,反倒接二连三地提供"我也看见了"的目击证言,聊天话题顿时被注入了活力。

"是怎样一个女人?"

有人问她的样貌和服装,便有好几人回答说:"和我们一样,身穿白衣,长发披散,是个年轻、漂亮的女人。"目击内容完全一致,很具体。

"虽说是白衣,但肯定不是行者衣,而是连衣裙,白色的连衣裙啊。"

穿白色连衣裙的年轻女性根本不可能单独逗留在原生林里。这很显然是幻觉,但仍有人说出"说不定是山神"之类的话来,对话中开始混杂笑声。

"禁止女人,指的是只禁止人类女人,可不包括山神。或许山神原本就是女的。"

"年轻女人的真身是山神"这个解释,获得了不少人的赞同,纷纷回应道:"没错,没错。"

修行者们似乎十分欢迎有个年轻女幽灵一路陪伴。

川口不禁联想起役小角的一个小故事。当初他被赦免流放，从伊豆大岛回到都城之后，对谗言惑众的一言主神施以咒缚，把他变成一条蛇，打入谷底，相传这道诅咒直到今天仍未解除。

假如真是这样，刚才浮现的魂魄说不定是一言主神假借女人的形象出现在树林中呢。川口拼命忍耐才没把心中的想法说出来。

6

来到洞辻茶屋,山路一分为二,一条向下通往山脚的洞川温泉,一条通往山上岳山顶——大峰山上权现[①]。

路口插着一块指路牌,上面写着:到吉野还有二十四公里。

也就是说,从吉野出发大约十小时后,众人已经完成了二十四公里的行程。距离今晚住宿的本堂还有两公里,与已经走完的行程相比,简直近在眼前。

过了洞辻茶屋,脚下的触感变得凹凸不平起来。很显然,附近一带有一块巨大的岩盘,植被产生变化,树木变得稀疏,山风翻卷着吹来,让人心境平和。

沿登山道右边走到尽头,有一块隆起的岩石,那就是被称作"西眺望点"的地方。

那边是一片悬崖绝壁,崖壁笔直,深达三百米。

---

① 大峰山的一处地名。

山谷间飞鸟的叫声飘摇而上,山风仿佛激起整座山谷的共鸣,周身的空气也喧嚣地颤动起来。

川口忽而转念寻找起柏田来。他害怕柏田受到深谷的诱惑,一个把持不住就跳下去。

其实根本用不着费心找,柏田就坐在他身后的岩石上休息。

川口又不禁想道:

……假如柏田真的跳崖而死,对我会产生什么影响呢?

自己的另一半就此消失,自身可能不会受任何影响,但是记忆与意识出现障碍的可能性还是相当高的。

穿过山上岳山顶的宿舍小屋,沿着石梯向上,就来到了大峰山寺本堂。在这海拔一千一百一十九米的高地上,寺庙显得庄严肃穆,其中深藏着建造者们的辛劳。本堂中供奉着役小角在山中闭关修行千日后领悟出的藏王权现①塑像。高坛一角还供奉着役小角的塑像。

那是一尊坐在岩石上的等身大坐像,姿势与四处可见的普通塑像无异,表情十分生动,仿佛活着一般。

川口与柏田并排面对小角像,展开冥想。渐渐地,他获得了通过小角之眼观察自己的视角。通过役小角像的眼睛来

---

① 役小角在金峰山修行中领悟到神明显灵,由释迦如来、千手观音、弥勒菩萨三者合一成为藏王权现。藏王权现是日本独有的佛,也是修验道本尊。

观察,川口与柏田的两重身影重叠起来,统一为一体。

再往深处走,两人的脚下有一块象征龙头从地表显现的岩石。相传下方有一口被称作龙穴的井,然而从没有人实际见过。

见过龙穴的人,不是当即毙命就是双目失明,不可能向他人说明到底看见了什么。

那也是一片自古流传至今的地下水脉,想必不可能允许外人窥见其中的秘密。

在大峰山寺本堂的宿舍就寝时,天色还没变暗。川口被暴雨声吵醒时还以为是深夜,其实才刚过晚上八点。再次入睡后,凌晨两点起床整理行装。

并没有闹钟,众人却能同时起床,利索地换上一袭白衣。

吃完早餐后在本堂前集合,前往小笹的落脚点。出发时间是凌晨三点,虽然已经不再降雨,但雾很浓。

众人打着手电筒照亮脚下的路,遇到难走的路就高喊"注意脚下",提醒队列后方的成员。

越往前走,雾越浓,各人手中的电筒朝不同的方向照去,光线摇晃交错,一群修行者变成了仿佛不属于这世界的一条光带,映出了黑暗底层的形状。

亡灵的队列……这与修验道所进行的死与重生的仪式很相称。光线摇摇晃晃,仿佛要把灵魂运往异世界。

阔叶林下忽地出现了一个人影。人影并没有被电筒光照射到,白色的身影却在圆筒状的光芒中若隐若现。

是一个身穿白衣的年轻女子。

那女人好像舞台剧演员,淡淡的聚光灯打在她头顶,映照出小巧又苗条的身姿。长裙下摆隐藏在杂草丛中,看不清她的双脚是不是真的踩在地上。

年轻女人的身影逐渐扩大。不知是她向川口靠近,还是川口被她吸去。还没来得及判断,她的身影已经逼近,触手可及。背后传来沙沙的脚步声,一股强劲的力量抓住了川口的肩膀。

"喂,你要往哪走?"

川口回过神来。只见引导者露出严肃的表情死死盯着自己,重复着同一个问题。

"喂,你到底要往哪走?"

直到这时,川口才意识到自己已经离开了修行者们的队列,走到了茂密的阔叶树林中,迷迷糊糊地差点脱队。

年轻女人的身影已不知所踪。

用手电筒照射前方,树林的另一边是一道陡坡,再往前是悬崖绝壁。

川口被灵体引导即将误入异界之际,被一名修行者拉回现实。几名修行者将手电筒照向川口的方向,询问道:"没事吧?"

川口若无其事地回到队列中，想要快步跟上队伍，脚却颤抖不停。

受森林中的幽灵迷惑，离开队列，误入异界。这样的故事一直不绝于耳。也听说有人摇摇晃晃地离开队列，迷失自我，在深山中走失，再也杳无音讯。

到底是谁在引导我？那个白衣女子的真实身份，川口实在太清楚了。

7

　　从山间小屋出发,到达八经岳山顶的时间是凌晨四点。相传役小角将八卷《法华经》埋在此处的土地中因而得名。这里又名"八剑山""佛经岳",是近畿地区的最高峰。

　　手电筒的光芒捕捉到了一朵被雾水沾湿而熠熠生辉的天女花。松科长青桧树与灰白色树皮的冷杉交织成一片原生林,从山腰一直绵延到山峰,成为一片乳白色天女花的绝好背景。

　　天女花隐藏在水雾中,质感柔软而顺滑,香气氤氲。川口陷入一种好似母亲用甘美柔和、充满慈爱的嗓音呼唤的错觉中,不禁探出手去触碰。花朵表面的露珠沾湿了指尖。露水仿佛是流淌在花朵内部的血液,从里向外渗透而出。露水浸透指尖,带来花朵般活生生的触感。

　　穿越天女花丛生的山地时,夜空略带几分暗蓝。在东方的天空泛白之前,黑夜会显示出迎接白昼的征兆,蒙上一层蓝色;一旦开始明亮,天空与空气的色泽就渐次分明。

　　上午十一时四十分,到达释迦岳。

修行者们围绕着伫立在山顶的释迦如来立像，弯腰作起了供奉仪式、柴灯护摩①、诵经膜拜的准备。他们各自背着一支支卒塔婆②，上面雕刻着死者的法名。

众人在划出的小圈中心堆积树枝，插上卒塔婆，点燃柴火。

释迦如来像所在的山巅有一片平坦的空地供这群男人们坐下，他们齐齐地盘腿正坐，仰望着护摩之火，诵读经文。

或许因为这里地势高耸，烟火交织而成的氛围因而显得尤为庄严。众人合念的《般若心经》让护摩之火燃烧得愈发炽热，一道青烟直指天空。

这世上的一切本就是空，抛弃一切执着才是正道。这样一来，人类就能在苦难中获得救赎，迎来真正的心境平和……

《般若心经》的意思大致如上。佛教规劝人们寻求某种精神支柱，让心中不再有执着。

护摩之木熊熊燃烧，炙烤着蓝天。

从举行过护摩行的释迦岳出发，途径深仙之宿、大日岳，来到太古之辻③，逐渐远离大峰山，除了前鬼方向，便再没有其他的下山道路。

不过从古代到中世纪，修行者们还会继续往前，沿着涅

---

① 修验道独有的护摩仪式。通过在野外燃烧柴火，燃尽修行者的烦恼，祈祷家国安泰、五谷丰登。
② 来自梵语"Stupa"，原意为塔，指树立在死者坟墓上的木制碑柱。
③ 深仙之宿、大日岳、太古之辻都是大峰山中的地名。

槃岳、笠捨山、玉置山一路去往熊野进行参拜。可如今连兽道都已经断绝,想走也去不了。

在太古之辻,川口邂逅了一名从前鬼向上攀登的行者。

年过半百的行者坐在一棵倾倒的古树上,把双腿摆放在一旁,正擦着汗水。川口还以为是自己的错觉,可定睛一看,原本该有腿的地方却什么都没有。他的腿是一双义足。取下义足之后,膝盖处的截面露出了隆起的肉块,表面很是光滑。即使是对体力很有自信的人,想要沿着前鬼到太古之辻这段颠簸不平的山路攀登上来也是一件辛苦至极的事,而他仅凭双手就完成了攀登,让人佩服不已。川口很想请教他:到底是什么意念给他带来了力量?

行者仔细擦干汗水,安装上义足,"嘿咻"一声站起来,往有吉方向走去。

川口满怀敬意地注视着行者愈渐远去的身影,目送他离去。

修行者们每每提到从太古之辻到前鬼的这段下坡是多么险峻,相比不断攀登向上,很多修行者更厌恶没有尽头的下坡。

向着大峰奥驰修行的最终目标前鬼行进。川口在下坡的碎石路上走了不过几分钟,鞋子里就传来一阵奇痒。用手拍打之后,从袜子里渗出了鲜红的血液,看来是拍到了一只藏在袜子内侧正在吸血的蚂蟥。

脚步一停,柏田就撞上了自己,差点双双摔倒,勉强才站稳。瞧了一眼柏田的袜子,只见柏田与自己的袜子在几乎同样的位置被血染红了,看来他也是无意识地拍打到了正在吸血的蚂蟥。

两人在斜坡中间站定,摸着下半身,寻找是否还有蚂蟥,修行者们从他们身边穿行而过。这时,川口感觉小腿肚上也有什么东西在蠕动,用手拍打一下,只见纯棉的裤管边也渗出了血色。

川口转而注视从身边一个个穿行而过的修行者的腿,并没有发现血迹。蚂蟥似乎专吸川口和柏田的血。

处理完蚂蟥,两人跟在队列最后,开始下坡。但毕竟跟不上老练的修行者们,渐渐地,他们与队列拉开了差距,不一会儿,连队列的最后一名修行者也从视野中消失了。

尽管如此,川口并不害怕迷路。走完这段碎石路,前面一定就是宿舍。

向下走,再向下走,仍旧见不到山脚。每向下踏出一步,体重就给膝盖带来负担,疲乏在同一个位置上累积。只要一停下脚步,膝盖就颤抖不停。

全身大汗淋漓,又被蚂蟥吸血,想要喝口水润润喉咙,却发现水筒中早就空空如也。

身体发出了悲鸣。川口想起了在太古之辻擦肩而过的那名失去双腿的行者,他行动不便,却能够沿着这条路反方向攀登。和他相比,这段下坡路的辛苦算得了什么?川口浑身挤出气力,正要转身继续下行,忽然发现自己所走的路线恰巧与一条小溪平行。

刚过傍晚五点,恰是山峦的棱线隐藏在太阳中的时刻。

无声流淌着的小溪约有数米宽,视线向下流看去,能看见林木围绕的一间宿舍。

目的地近在眼前。

川口沿着小溪继续走,来到小瀑布的一片潭水旁,脱下衣服,让身体浸入水中。

潭水比预想得更冷,他不由得身体僵硬,全身激起了鸡皮疙瘩。

川口将头探到瀑布下,抬头接了一口水。冰冷沁入身体。喝够了水,总算缓过气来,川口找了块石头坐下休息。

冰冷穿透肉体,直达骨髓,全身的知觉似乎有些麻。

柏田就在不远处,摆出几乎同样的姿势,在岩石上坐定。

之前只要共享水源,就立刻能听到柏田的声音,现在他一言不发,反倒很不寻常。

"喂,怎么了?你累了吗?为什么不说话?"

……这是哪里?

"快到前鬼了,现在我们同在一条小溪旁。穿过树林就到宿舍了,瑞穗应该就在那儿。"

……为什么不赶快过去?

"腿上被蚂蝗叮过,鲜血淋漓,还出了一身臭汗。还是先洗洗身子凉快一下为好。"

……我也走完了这些路?

"特别出色。我们沿着山脊走完了八十公里山路,一直走到了吉野呢。"

……没了灵魂的木偶竟然能做到这种程度,真是让人吃惊啊。

"你虽然什么都感觉不到,但我们的身体早就疲惫不堪了。膝盖哆哆嗦嗦的,根本连一步都走不动了。也正因为如此,我们才能充分享受这冰凉的溪水,品尝这种走完全程的满足感啊。"

……我们真的能重生吗?

"前世,我们也做过类似的事情。穿越宽广的沙漠,去到山的另一边,进入奇妙的装置中,才来到了现在这个世界。然而这里和我们想象中的世界不同。我发现,不论是前世所遇到的人还是我们自己,都错误地理解了构建世界的法则。尽管我们已经可以确定这世界上的一切都只是广义上的虚幻空间,但我们目前所处的地方,很显然并非一个二维的数字空间。我们还不确定到底是哪里出了错。我们现在已经得知:十年后,人类会发现构成宇宙的物质有九成以上是未知的,而人类DNA中的遗传信息有九成以上都是无意义的排列,二者的比率惊人地一致。不久,人们便会发觉这个事实。为什么这两个数字会一致?我认为解决这个问题的线索就在言语上。这是我偶然发觉的,言语行为的发生与水有关,也与光有关。"

……是吗?你为什么这么想?

"人有了自我意识才能获得言语能力,并且自我意识与水有着深刻的联系,我们自身的体验就能佐证这一点。"

……这就是你的答案吗?

"当然不可能这么轻易地解答。我们从吉野一路到前鬼,翻山越岭,在山中所经历的一切,就是曼陀罗①……代表着整个宇宙。曼陀罗就是本质,就是构成宇宙秩序之物。为了通过接触它的某个方面,来探究谜团而踏上旅程,我只是有了这种愿望而已。"

等了一会儿,听不见柏田的回音。川口觉得这是结束对话的好时机,便站起身。

用毛巾用力擦拭双臂、双腿、腹部,原生林中静谧的微风吹拂着身体。

身上的水气消散,肉体深处有一小团炽热的物质燃烧起来。双手触摸下的皮肤,仍是凉的,但身体内部产生的这股热量,很快传遍了全身。川口觉得很快就能恢复到原来的体温。

川口穿上衣服,光脚套上跑步鞋,继续行走。距离宿舍只有最后数百米了。

---

① 佛教的诸佛菩萨图。

8

　侍奉役小角的前鬼子孙们曾经居住在这片土地上，他们叫做五鬼童、五鬼熊、五鬼助、五鬼继、五鬼上，并称"五鬼"。

　五鬼中唯有五鬼助有后人，而川口面前的这间宿舍就是由五鬼助的后人们经营的。

　宿舍位于谷底，建在树木包围中的一片平地上，布局似曾相识。川口刚踏进玄关，就备感怀念。还好刚才已经在小溪中洗过身子了，要是身子还脏着，根本没心情往里走。

　进入玄关，穿过走廊，是一间一百叠的大房间。里面摆放着五十人份的晚餐，行者们正坐在一旁等待开饭。

　他们先到达宿舍，已经洗漱完毕，脸上神采奕奕，浑身不见一点污垢。

　在山中寄宿四晚的修行，这是最后一晚了。原以为行者们会露出达成目标的满意表情，可他们全都板着脸，目无表情。

　川口与柏田来到末席坐下。面前并排摆放着一碗白米饭与一碗味增汤，配上盛有佃煮、蒟蒻、豆腐的小碟子。白米饭和味增汤正冒出热气。不知饭食是否由瑞穗打理？川口保持坐姿，挺直腰板，想看个究竟，引导者却在此时站起来，恰巧挡住了他的视线。

引导者一直都走在修行者们的前头，带领着队伍走完全程。而川口却仿佛刚刚认识他一般，死死盯着他。他好像肖像画中的空海①一样，整张脸圆圆的，眉毛粗，耳鼻大。

引导者的嗓音响彻大房间。

"值此修行结束之时，我有一件事情想跟诸位说。我很清楚，这里的所有人都走完了全程。但是在我们之中，混进了没有资格获取修行完成证书的人。"

引导者一边说着，一边来回扫视众人，可没有一个人的脸色有变化。众人很是冷静，像是早已经知道那个得不到达成证书的人是谁了。

"扪心自问，认为自己没有这个资格的人，请立即站起来，现在就离开吧。"

从现场的氛围似乎可以推测，这条逼人退去的命令针对的是自己。川口抬起单膝，正要站起来。

与此同时，五十名修行者瞬间消失不见了。

川口不禁发出"哎"的惊叫声，巡视四周。

---

① 平安时代初期的名僧，谥号弘法大师，是真言宗的开山始祖。

那五十名行者没留下任何痕迹，已然消失在静寂之中。

要是现在有一面镜子，一定能看见自己那张失魂落魄的脸吧。

川口抬头寻找向导，只见引导者露出笑容，留下一句"能获得达成证书的只有你。"紧接着，也消失不见了。

随着引导者的消失，出现了一个老婆婆。老婆婆从刚才起就躲藏在向导的身影之后，现在遮蔽物消失，她终于现出真身了。

说她是个老婆婆恐怕不大妥当，只因她疾病缠身，才显得年纪老。这到底是怎么回事？

川口欲向身边的柏田求助，正要拉他的袖口，却发现身旁一个人都不在了。

柏田也消失了。

餐桌上冒着热气的白米饭和味增汤也消失了，一百叠的大房间一瞬间变得空空如也。

以引导者为首，在这四天里与川口共同行动的修行者们，一个个都消失不见了。并不是真实存在的人从现实中消失，而是他们原本就不存在。川口并没有花费太长时间得出这个结论。

只不过，自己到底是从何时开始与五十个亡灵共同进退？又到底是在何时跨越了现实与异世界的边界呢？川口并不清楚。是在山路上落后于大部队时不知不觉间被一群亡灵包围了吗？还是在吉野的修验本宗登记的时候就已经是这样了？抑或，那寺庙本身就不存在于现世？如果现在立刻回到修验本宗，也有可能会发现几栋不见人影的破屋呢。

仔细一想，在逼仄的兽道上缓缓行走的修行者队伍，自己本就屡次认为是一群亡灵。

在兽道上擦身而过的那名行者，也与现代人截然不同，好似从古代或者中世纪穿越而来的人物。

这五十名行者是一群早已去世的人。

有人是自杀，有人是病死，有人双腿负伤而死，其中应该还有犯下杀人罪而死在狱中的人。不仅来自现代，也来自古代、中世纪和近代，他们承受着不同时代的苦难，是一群死于非命的可怜人。

一切都是幻觉……这么一来，川口便是在死者所居住的世界中单独彷徨了四天之久。

自己曾经参与过山中的千日修行，能在山间熟练地自由来去，不曾迷路地跋涉四天来到此地，也实属当然。

而另一个人，柏田，到底消失去了哪儿呢？

或许他也从一开始就不存在？为了让自己接受这个现实，只能用同样的解释来麻痹自己了。

以濒死体验作为例子或许更容易理解。

许多报告表明：濒死体验的症状一般是——濒临死亡之时，灵魂从肉体抽离出来，飘到病房的天花板处，俯视自己的身体躺在病床上。这时候,从幽体脱离后的视点来观察,可以看见另一个自己躺在床上;要是从床上的视角来观察,就会发现另一个自己漂浮在天花板上。

幽体脱离之后,两者的视点交互替换,人就会陷入存在两人的错觉。

此外,用双重人格来解释也可以。

在同一个肉体中,同时居住着川口与柏田这两个人格。作为实体的川口,并没有发觉自己的人格已经分裂,还以为柏田这个虚像就在自己的身边。

柏田在富士树海中彷徨之时,偶然发现了川口彻这个人的遗物。翻看过程中发现了他的保险证和存折,由于他自杀没多久,更营造出一种他还活着的真实感。自杀者想要继续生存的意识驱使着柏田,或许这就令柏田的内心催生出了川口这个人物。

柏田频繁造访自杀者川口的家,假装成川口来行动。

柏田与川口,撕裂成两个部分的自我,与理绘共同来到医院看望春菜,而此时,在某人的强大力量作用下,分裂的自我才互相意识到对方,就好像实体与虚像隔着一块镜子对视。当时柏田的意识被封印进了黑暗的井底,而川口则获得了实体的视点。他满心以为终于获得了弥补记忆空缺的好机会,将柏田带回自己的住处,意图与他进行沟通。虽说是住处,其实不过是一个自杀者过去曾住过的破屋子而已……

即使是分裂的同一个自我，想要进行对话，仍然需要一定的仪式。川口意识到利用水能够共享意识，于是实现了对话。在旁人看来，那不过是不断反复的自问自答而已。

色即是空。

空即是色。

不知不觉中，两人已经实践了《般若心经》的精髓。

所谓的"色"即是"存在于世间的万物"。"世间万物"等同于"不存在"。反过来说，"空即是色"即代表着"不存在于世间之物"之中可能诞生出"世间万物"。

当柏田与川口两者在肉体与意识层面上达到统一时，此时的个体应当称呼为什么呢？

答案只有一个，也就是拥有二者元祖DNA的人。

……高山龙司。

割裂的自我达成统一，前世与再前世的记忆隐隐约约在脑内来回碰撞。那不是有条理的回忆，而是直接镌刻在DNA上，如同触觉一样虚无缥缈。

被抱在胸口与膝盖上安抚时的安心感、肩膀被揉动时的指尖触感，每一个细胞都记下了这些感触。

估摸着他的记忆已经渗入身体，蜷腿坐在大房间一角坐垫上的老婆婆开口了：

"龙司，欢迎回来。你终于回家了。"

这个女人曾经是山村志津子，她与自己的上半辈子划清界限，化身为瑞穗，重获新生。

"妈妈……"

龙司横穿过空荡荡的房间，向志津子走去。

"总算回来了啊。"

母亲低着头，龙司对她跪坐下来，细细打量她的脸庞。在大岛行者窟看到的那张脸，现在就在眼前。

"妈妈，我有数不清的问题想问你。"

"时间不够了，只问一个吧。"

"我的父亲是什么人？"

"你的父亲是个稀人。有一天忽然出现，又消失不见。那是发生在一个晚上的事，好像做梦一样……但我要是没有邂逅他，恐也活不到今天。"

就在此时，窗玻璃上响起了咚咚咚的敲击声。

志津子背对着隔断檐廊的磨砂玻璃坐着，那声音就从志津子的正后方传来，像一声声警告。

龙司来到房间一角拉开移门，脚踩门框探出身子查看，只见一只乌鸦停在走廊的长凳上，用嘴啄着磨砂玻璃。

咚咚咚，声音富有规则，让人心中涌出不详的预感。龙司的视线离开乌鸦，又往回看时，只见那里站着一个身穿白衣的年轻女性。她长发披肩，后脑勺对着大房间，与志津子隔着一块玻璃背贴背，就坐在檐廊上。

那是十九岁时就放弃生命的女孩。

"你刚出生的时候,还挺可爱的。"

第一次听到姐姐的嗓音。

贞子背对着龙司,又对母亲说道:

"妈妈,你快告诉哲生呀。妈妈生命中的最后一页上,会写上我的名字。"

"我知道。"

志津子又重新面朝龙司。

"龙司啊,我来到前鬼,并不是为了迎接重生后的你,我是为了送贞子最后一程才来的。至少让我赎罪……"

"真讨厌,妈妈,什么赎罪呀?你是没办法吧?不管你多喜欢我,可为了重获新生,只能把我牺牲掉,对吧?是这样吧?"

"没错,你说的对。"

"要是,顺序反过来……我是刚出生的妹妹,哲生是大七岁的哥哥,那么妈妈就会抛弃哲生而选择我,对吧?"

"是啊,当然是这样。"

贞子不禁轻声笑了:"别跟我玩这种唬人的把戏了。我看得见你的内心。找遍你的心,都没有对我丝毫的爱。妈妈对我的感情只有恐惧而已。你说,到底是为什么呢?同样是姐弟,这差别是从哪里来的?"

"我和你一样。直到最后,都无法理解我的母亲。她虽然结婚了,但生下我之后就离婚了,一个人把我带大。我的祖母也是这样。结婚后生下我的母亲,丈夫先走一步,单独把母亲养大。再往上的祖祖辈辈恐怕都是在重复着同一件事。生下女儿,失去丈夫,一个女人独自养活女儿。我们代代重复着这种女儿生女儿的人生。这是从古至今的孽缘,我想要把它斩断,想要打破这种规则。"

"所以就把我抛弃吗?"

面对贞子的问题,志津子闭口不言。

"那么,哲生,你怎么想?"

贞子将矛头指向龙司,可他无话可答。除了沉默,别无他法。

贞子万念俱灰般地叹了一口气:

"你不说话,算是胜利者的从容不迫吗?"

撕裂树林般的刺耳蝉鸣忽地响起,像是接收到某种信号,乌鸦瞬时飞起。

"被选中之人,必须接受被抛弃之人的怨念。"

志津子仿佛等待暴风雨过境,将原本就瘦小的身体蜷曲得更小了。她或许在祈祷事态不要向更糟的方向发展,眉间挤出了深深的皱纹。

"哲生,我有话对你说。"

龙司站在房间与檐廊的交界处,原本交替注视着志津子与贞子二人,而贞子忽地在龙司面前站起,分毫不扰乱周围的空气。此时夕阳就要落山,她纯白的衣服被染上了几分血色。

"哲生，既然你自命不凡，装腔作势地做一个稀人，那就麻烦你牺牲一下吧。为了抚慰被抛弃之人的心灵，你交出自己的性命吧。"

姐姐让弟弟去死。

龙司早已克服了对死亡的恐惧。只不过他还不明白贞子有什么具体的希望，于是问道：

"你想让我怎么做？"

"用你最讨厌的方式再死一次。"

关于最讨厌的死亡方式，之前已经探讨过两次，对柏田来说，是活生生被埋进地底，而对于川口来说……

贞子所说的到底是其中的哪一种？还不明确。

"这二者之一，你已经模拟体验了一遍。被封锁在黑暗狭窄的井底是怎样的感受，想必你已经充分体会过了吧？我所期待的是另一种死法。"

在侦探事务所的办公室里，川口曾向真庭提到过：被诬陷为幼女连环杀人犯，接受逮捕和死刑判决，饱尝世人的诅咒后被残杀，是最为可怕的死亡方式。看来这段对话被贞子监听了。

"要是你连这件小事都做不到，我就把恶意释放到整个世界。到时候，牺牲者会有几百万还是几千万呢……很难想象吧？会有数不清的人们痛失爱人、泪如雨下吧。想要让这场悲剧中止，就靠你的一个决定。那么，你会怎么选择？"

贞子所要求的，是自古以来就重复过无数次的，恶魔与神的契约。

假如龙司自认为是稀人，想要贯彻稀人的行事原则，就不得不牺牲自己来拯救更多的人。找到自己应当达成的使命，向着目标迈进，才拥有生的意义。

"有期限吗？"

龙司还有许多事想要去做，能拥有多少时间是很重要的。

"不会很快，也不会很久。时候一到，你就会懂的。"

就算拒绝她，恐怕也没法安稳地过完一辈子。

"我明白了。就照你说的来。"

"那么契约就成立了。怎么样呀？妈妈，你听到了吧？你引以为豪的儿子有这种牺牲精神，真有出息呀。"

志津子的身子蜷缩得更厉害了，实在让人觉得可怜。龙司对她说道：

"妈妈，不用担心我。倒是您的身体还好吗？"

贞子代替志津子回答：

"我想你也知道，妈妈已经时日不多了。哲生，你也别多管闲事，妈妈就留给我照顾吧，你赶快给我下山。该不会连这点机会都不肯留给我吧？"

贞子仍旧背对龙司，她水平抬起右手，指了指山脚。她让龙司这就下山，回村子去。她是让龙司从异世界回到现世。

与母亲再会的时间实在太短了，还有许多想说的话。但是，贞子雪白的指尖中透出坚决的意志，命令龙司立即离开。

龙司绕道玄关取回跑步鞋，穿过檐廊来到屋外。

"姐姐，妈妈就拜托你了。"

对贞子说完这句话后，龙司又面对母亲：

"生为妈妈的儿子，我很幸福。"

志津子不住地轻轻点头。龙司留她在原地，离开了宿舍的檐廊。

怀着难舍难分的情绪走了大约一百米，来到一条蛇行的溪流旁时，龙司停下了脚步。并没有规定叫他绝不能回头，而他被回头的冲动所驱使。这个距离应该还看见宿舍的大房间和檐廊，尽管身形瘦削，应该还是能看到母亲正坐的样子。

想要回头再一次将母亲的样子印刻在视网膜上，却又听见自己在呼喊："算了吧！龙司知道，即便回头也不会有人在那里……"从去年到今年的这段时间里，母亲都在贞子的控制下，早就不在这个人世了。龙司想了想，要是自己回头亲眼证实这个事实，将会被何等的孤独打倒，最终还是抵挡住诱惑，沿着越往下越宽阔的溪流下了山。

世界上可能将只剩下自己一个人。这种虚无感越滚越大，向自己步步紧逼。

走了大约一小时，柔软的腐叶土堆积而成的兽道变成了前往村落的柏油马路。

到了这里，应该安全了。

脚底下传来坚实的触感，龙司停下脚步回头看。从吉野开始攀登，至前鬼下山，大峰山耸立在暮色之中。从太古之辻到前鬼的山石路，一条条清晰的褶皱镌刻在山腰上。

哪怕这里是一片幻想的空间，也只能遵循这里的规矩拼命活下去。

脚踩坚实的柏油路面，他忽地体会到一种活着的实感。

尾 声

理绘参加了国家医师考试，从四月份起，作为内科研修医师进了医院。

在前期两年加后期两年的轮岗中，她将体验包括内科、外科、精神科、泌尿器官科在内的所有科室。虽然她仍怀有着进入精神科的志愿，不过最近她对脑外科产生了极大的兴趣，在积累经验的过程中，说不定有可能转为专攻外科。

初夏的一个周末，为了庆祝理绘正式步入医学界，春菜为她准备了一次去清里的自驾游。那是借住民宿一晚后，发生在回程路上的事情。

从小渊泽立交桥变道上高速公路之前，春菜见到一块路牌，忽然随口提议道：

"对了，我想顺便绕到一个地方瞧瞧。"

离下午还早，顺便再逛一逛的时间还很充裕。理绘一开始就是赞成的，便询问是什么地方：

"好啊，去哪里？"

"就在前面不远处。去了就知道。"

"是嘛，反正我们也不着急。"

获得了理绘的同意，春菜没上高速公路，径直穿过立交桥洞，驱车往塩泽方向驶去。

不到五分钟就来到了目的地。直到把车开进停车场，理绘还没搞明白那究竟是什么地方。

将近十年前，春菜曾经造访过这里，但是理绘还是第一次来。

"这是什么地方？"

"井户尻遗迹。"

刚听到井户尻遗迹这个名称时，理绘的脑海中尚且未能形成概念。过了一会儿，她才终于触及记忆的最底层，感受到坚实的质感。那次事件引发的一连串变故如同漩涡般在脑海中浮现。

"是那个井户尻遗迹？"

理绘脱口而出问道。

她真的很吃惊。大约十年前，春菜曾经来到这里，看到一条蛇从土偶头顶逃离的稀奇事，从那之后就遭遇了残酷的灾难。将近两年的时间里，春菜患上了一种连正式病名都诊断不出的怪病，只是不断沉睡。

在理绘的脑袋里，土偶头顶的蛇与春菜罹患怪病这二者之间是有因果关系的。然而春菜似乎认为土偶头顶的蛇与类似帕金森症候群的怪病并没有什么关系,否则她也不可能一脸天真地来到这种孽缘之地,正常人肯定会极力避免再来。

春菜稍稍降下车窗,关掉引擎,看都不看后座上熟睡的女儿:

"好,我们走吧。"

她指了指井户尻文物馆。

"小凪呢?"

"把她吵醒也太可怜了,好不容易才睡着了呢。我要看的东西只有一件。没关系的,很快就回来,就让她在车里待着吧。"

理绘扭过上半身,看了一眼后座。

小凪有一张很像母亲的端正脸庞,将来一定能长成一个大美人。而现在她正把脸埋在垫子里,呼呼大睡。

小凪是无罪的。但是每当理绘看到小凪的脸,就会涌现一种复杂的感情。因为这个孩子的诞生,风平浪静的大海掀起了惊涛骇浪。

四年前,小凪的细胞在春菜的子宫中开始分裂。一想到孩子的父亲大桥医生的家庭所遭遇的那场暴风雨,就觉得春菜取的"凪"这个名字真是太过讽刺了。①

"春天里,风平浪静的海面,不是挺好吗?"

---

① 在日语中的意思是"风平浪静"。

春菜嘴上说得若无其事，实际上却曾因为精神异常而自杀未遂，不得不与刚生下的儿子强制分离，被迫长期住院。从她的话里分毫听不出身为大桥妻子的苦恼。

杂木丛中的停车场未经铺装，或许是因为树丛旁有一条臭水沟吧，青蛙的叫声穿过草丛传来。

左右张望寻找声音源的同时，理绘与春菜眼神相交，以此为暗号，两人同时打开车门。

春菜将手提包夹在腋下，没锁门就往外走。理绘小声斥责道：

"至少把车门锁上啊。"

"哎？车上又没贵重物品。"

理绘无言地盯着春菜，一动不动。

"不过你说的也对。这种荒郊野外，难保不会出现诱拐犯。"

春菜抽出钥匙串，按下按钮，四扇车门发出刷刷的上锁声。

几分钟之前，理绘心中还满不在乎，现在却像着了魔，越往里走越对绳文时代的土偶有了兴趣，更觉得春菜的那些无心之语说得特别妙。

或许是因为知道目标在哪儿，一进入文物馆，春菜的脚步就加快了。她干脆地来到安置在中央的玻璃展柜旁，向理绘招招手。

"这里!"

理绘追上春菜,与春菜并排站在展柜前。

这个象征女性的土偶比理绘想象的要小得多。她双手水平伸展呈T字形,身子上装着一张扇形的脸。眼角翘起,嘴巴圆而小,两根眉毛在鼻梁上连接起来。

"这是什么?"

春菜看了看土偶的头顶,发出了欢快的笑声。对一个超过三十岁的女人来说,这笑声就像孩童一样天真无邪。

理绘跟着她一起看向土偶的头顶。那里没有蛇,取而代之的是三根有着褐色斑点的鸟类羽毛。

春菜的嘲笑声到底是对谁发出的呢?理绘很好奇。是因为她头顶上不见了那条蛇,所以用羽毛来遮盖,而文物馆的这点小聪明被春菜看穿了吗?

理绘想象了一下将蛇定在头顶的样子,实在无法构想出那形状。头顶羽毛的土偶形象已经先入为主,封锁了想象力。

虽然无法想象不存在的蛇,但是没有三根羽毛的土偶却能让人简单地联想出另一个形状。可是,那形状的平衡性很差,欠缺整体协调感,让观者产生一种不详的预感。想要祛除人心中的不安,那三根羽毛还是很有必要的。不是一根也不是两根,而是三根。这数字一定有意义。

……如果是柏田老师,会如何解读这个数字呢?

用数学语言来解读整个世界的柏田。理绘的脑海中浮现出柏田那张熟悉的脸庞。要是没有遇见柏田,她就不可能考进医学部。

柏田见证理绘被合格录取之后,留下"要出远门"这句话,就消失无踪。正如他所预言的,"构成宇宙的物质九成以上都是未知"这个说法最近突然成了热门话题。每当在科学杂志上读到类似的内容,理绘就会想起柏田。

春菜对着头插羽毛的土偶笑了一会儿,突然失去了兴趣。

"我们回去吧。"

她对其他展品一概不顾,向文物馆的入口走去。

入口处的景物显露出一派清爽的初夏气息。

十年前的这里,天空满是雷云,附近的山脉间电闪雷鸣,今天却很晴朗,群山的轮廓在蓝天上勾勒出清晰的线条。

回到停车场,刚打开车门,小凪就从坐垫堆里探出上半身,哭闹起来:

"妈妈,你们去哪里了?小凪做了个可怕的梦。"

"是嘛,什么梦?"

"有个可怕的人来了,他把我推进了一个黑漆漆的洞里。"

小凪打了个盹,一觉醒来发现车里没人,说不定把噩梦与现实联系起来了,看她那样子,可不一般的害怕。

"已经没事了,妈妈就在这里哦。"

春菜双手搂住小凪的脑袋,面朝理绘说道:

"小孩子很可爱吧,你也快生一个吧?"

"说什么傻话呀？我还得先结婚呢。"

"丈夫什么的，无所谓。最重要的是孩子。要是我没了孩子，绝对不会善罢甘休，一定会报复。"

"报复？向谁？"

"命运吧……还有，诅咒这个世界。"

春菜双手松开小凪的脑袋，关上车门。这动作掀起一阵风，将春菜的头发吹起，这一瞬间，她的样子好似美杜莎。

理绘、春菜与小凪三人驾驶着汽车从小渊泽立交桥驶上中央机动车道，往东京方向行驶。驶过大月市的时候，车流还很顺畅，可是到了谈合坂附近，就遭遇了周日傍晚常有的大堵车。

"果然不该绕道，不知道能不能早点回家。"

春菜说着打开了收音机，女主播正在以毫无音调变化的嗓音念着新闻：

"今天下午四点三十分，静冈县函南町的某山路上，发现了一名少女的遗体。搜查当局判定为谋杀案……"

那就是后来震惊全国的幼女连环杀人案的首次报道。

更多解谜，请继续阅读"贞子之环系列"之《环裂》。